1999年のスクエアクロス

目次

プロローグ　桜の樹の下で

薄明かりのなか、しだれ桜の大樹は春風に乗って花びらを散らしている。

樹には大きな囲いがあり地元の人々は樹霊を敬って前方にお賽銭箱を設けている。

夜明け前のこの時間はさすがにひっそりとしていて日中の喧噪はない。花びらは静寂の中、音も無く地上へと舞い降りていく。

地面に。

散らばった何枚もの新聞用紙の上に。

倒れているバイクの上に。

そして、倒れている男の上に。

男はまだ若く、幼い顔立ちをしていて、その瞳は閉じられている。

男の体にまるで雪のように花びらが降り積もっていく。

第一章

法子の希望

1

北川法子はお屋敷の広さに改めて驚いていた。

土屋総一郎の家政婦として仕えた5年間に立ち入ったのは総一郎の居間と寝室、食堂や台所などに限られていた。

応接間や代々当主が要人を接待する部屋などは、今回総一郎の葬儀の後、お屋敷の掃除や庭園の整備、数々の周囲への挨拶を依頼されて初めて見た。

土屋家の歴史が部屋々々の重厚な装具などに感じられた。

葬儀は、総一郎が北関東の渡良瀬市の名家の当主であり、また20年間市の助役として勤めたこともあって、独居老人の葬儀としては驚くほど盛大なものであった。

土屋家の一人娘の土屋晶子は、イタリアで暮らしていて音沙汰もない。葬儀のときに帰国したがすぐにイタリアに戻っていった。

家政婦として働いていた法子と土屋老人との関わりはまるで親子のようであった。

いつの間にか土屋老人は「北川さん」から「法子さん」へ呼び名が変わり、亡くなるまえは「法子」「法子」と呼び捨てにするようになっていた。

総一郎は1999年の正月3日を過ぎて90歳の誕生日の7日になった朝、風邪をこじらせて呼吸困難になり、一人寂しく息をひきとったのだ。

その日、法子がお屋敷の門をくぐるとすぐに異変が感じられた。土屋総一郎はあらゆる部屋の窓を開け放ち、冬の冷気を充満させていた。それはあたかも生命の最後の放出のように思われた。

これまで家柄のもつ重圧と風格を保ってきたことの虚無感や、今、1人で生きている深淵な孤独から、自らを解放させた行為のようであった。

法子は土屋老人の寂しさを日々のお世話をするなかで、深く理解していた。

庭先まで渡良瀬川の水を引き入れて、随所に滝を配置した壮大な日本庭園は「土屋家庭園」として有名である。

高台にある屋敷からの展望は遠くに日光連峰がかすみ、渡良瀬川が眼前に広がり、きらきらと輝くさまは万葉の時代から和歌に詠まれた城下町渡良瀬市の秀逸な景色である。

総一郎の死んだ日の朝は晴れ渡り、まさにこの渡良瀬の絶景が広がっていた。土屋総一郎の死出へのはなむけのようであった。

そして、冬の朝の冷気は総一郎の魂も身体も浄化しているようであった。

2

北川法子の母親は法子が幼い頃に離婚し、法子が中学1年の時に法子の担任の教師と駆け落ちして街からいなくなった。

法子の祖母は気丈に振る舞うことでこの危機を乗り越えた。そもそも法子の家は昔から「置屋」として芸者や芸技を抱えていて、男女の色恋沙汰は珍しくなかった。時代をさかのぼれば遊郭であり、街界隈全体が色町風であった。

今では、一部で洒落た喫茶店や高級料亭になって商売を続けていた。

法子の祖母のきぬは「仕事は生きていくためにどうしても必要なこと。だったら、世のため人のための仕事が良い」と言って北川家政婦紹介所を設立した。

きぬは市の助役の土屋総一郎の援助をうけながら商売を安定させていった。

これまで付き合いのあった女性100人あまりを抱えて病院などへ付添婦として派遣していた。

法子は中学を卒業するとすぐに働き始め、きぬの片腕として大勢の家政婦を取り仕切った。

きぬは面倒見がよく家政婦が病院から帰ったら家に逗留させ、家族同様の待遇で長期にわたり生活の面倒をみていた。

法子は25歳のときに婿養子の幸司と結婚したが3年たらずで離婚した。子供は出来なかった。

離婚後、法子はきぬの仕事を手伝う事に没頭していった。

家政婦の必要度はますます高まり全国的にも大きな勢力となり、国の政治をも左右する存在になっていた。

全国家政婦紹介所協会や日本看護協会などは厚生省を中心に医療関係に多大な影響力を持った。病院は夜勤の看護士を減らし家政婦にその雑務のほとんどを任せていた。

ベテラン家政婦は同室で2人、3人の付き添いをして一日で3万円以上も稼ぐことができた。各都道府県でも同様の病院と家政婦紹介所の癒着ともとれる関係があった。

法子がきぬの代理で所長会議に出席するといつも豪華に着飾った家政婦紹介所所長のおばさんたちに、頭を低くして接待する県の職員の姿があった。

しかし、１９９4年に健康保険法が改正され、１９９7年に介護保険法が成立した事によって、付添婦の制度は廃止され、家政婦は病院で働けなくなった。

政府は家事介護や身体介護のエキスパートを大量に充足するために、家政婦をヘルパーに登用するための仕組みを全国につくった。

全国に介護労働安定センターを設立したのだ。

センターは病院から追い出された家政婦をヘルパー2級にするために家政婦紹介所の所長に積極的にその役割を果たさせた。

国は6ヶ月のヘルパー研修期間を有償で保証した。紹介所には介護事業者になれるように最大の助成をした。法人格をとらせ事業に必要なパソコンやファックスの購入に助成し、またヘルパーの人件費を1年間にわたり助成した。

法子は国の2000年に施行する介護保険法への不退転の意気込みを感じた。法子は自分がなにをすべきかはっきりと認識した。

法子はこの機会を逃しては自分がこの街で生きて行く道はないと思った。これまで回りから「母親が男と駆け落ちした」と蔑まれてきた法子は、介護の専門家として成功する事を心に決めた。

北川家政婦紹介所は介護保険事業の参入に動いた。

祖母のきぬは、

「法子、これまで家政婦がやってきた事をよそのやつらに横取りされないようにしなきゃね。いよいよこれからが私らの出番だよ」と言った。法子ときぬはお互いに協力して頑張る事を誓った。

しかし1998年の晩秋にきぬが亡くなった。

その時、法子はきぬの存在の大きさを痛感した。法子には介護保険事業を始めるための資金も人脈も無かったからだ。

法子は自分の希望が瓦解するのを感じた。

第二章

晶子《あきこ》の帰郷

1

坂東太郎の別名のある利根川に架かる長い鉄橋を超えると故郷の渡良瀬だった。晶子に帰郷を決意させたのは父総一郎の死であった。

晶子の生まれた家は城下町渡良瀬で古くからお屋敷さまとよばれていた。

渡良瀬の歴史を見ると、室町時代は鎌倉公方の管轄国であり、徳川時代にはこの地の大名が幕府の要職にあり、代々譜代大名として栄華を誇っていた。

関東屈指の連郭式の城であった渡良瀬城は明治政府の廃城令によって解体された。その跡地を、土屋家の先祖が買い取り、現在の屋敷を建設した。

土屋家は江戸時代から利根川や渡良瀬川を往来する高瀬船や人と物資を運ぶ渡船などを仕切る船問屋であり、明治維新後も商いを発展させていった。

埼玉から故郷渡良瀬に鉄橋ができ河川交通が廃れていくなかで土屋家も少しずつ家業が傾いていったことを晶子は祖父母から聞かされていた。

父総一郎は学識がありながら商売には関心が全くなかった。おだやかな人生を古い屋敷のなかで送ろうとしていた。

晶子は父のそうした生き方に共感する気持ちと反発する気持ちの両方を抱えながらイタリアに留学し、その後ヨーロッパのあちこちで暮らして25年余りになっていた。

50歳に近づくころになって晶子は日本にたいして強い望郷の念にかられていた。

そんな時、父の訃報が知らされた。

晶子は葬式に参列すると晶子自身が喪主であり土屋家の跡取りで当主であることを痛感した。

葬式は実に盛大なものであった。

晶子は式の段取りすべてを手配してくれた2人、北川法子と藤村茂に深く感謝した。

北川法子は北川家政婦紹介所の人であり父総一郎を長い間介護してくれていたらしい。藤村茂は渡良瀬市役所の職員であり父と長い付き合いがあったとのことだった。

2

総一郎の葬儀が無事に終わり、イタリアに戻った晶子が相続のことで日本の税務署から連絡を受けたのは1999年の3月の初めのことだった。

相続人が晶子一人のために相続税は国税が5000万円と地方税などを含めて7000万円ほどになるという事であった。

父総一郎は現金や有価証券は全くなく土地と建物のみを残していった。晶子は相続の事はあまり考えていなかったので多額の相続税に愕然とした。

これまでずっと海外で暮らしていて、自分の置かれている立場を考えてみることも無かったが、最近望郷の気持ちが高まったことは、父の死亡に関わるこうした問題を解決する必要を感じていたからかも知れないと思った。

再び帰国した晶子は年若い北川法子に相談した。

法子はもうすぐ50歳になる晶子より15も下であるが、とてもしっかりした頼りがいのある人物という印象だった。

晶子は屋敷と広い庭園を担保にして、銀行に融資を受けたいと思っていると法子に打ち明けた。

相続税の納入が遅れれば延滞金が加算されてますます多額になるはずだ。

それならまずは銀行に融資を受けて、相続税を支払ってしまうのもいいかもしれないと晶子は思っていた。

土屋家は屋敷と広大な庭以外に、屋敷の周囲に広大な田畑も所有している。父親の総一郎が生きていた頃から、ずっと知り合いの農家に無料で貸し出していたらしい。

田舎の田畑はそれほど高い値はつかないが、売却すればある程度のお金になるだろう。そして足りない分を、銀行の融資で補おうと思ったのだ。

しかし、法子は冷静な態度で返してきた。

「たとえ銀行がこの件を検討して融資が実行されても、今後、返済の見通しがつかない限り難しいと思います」

晶子は法子の言葉に落胆したが、確かに今から自分が日本で職を探して——例えばイタリア語の講師とか——なんとか仕事についたとしても確実に返済が出来るかは分からないので、結局は、屋敷と庭を銀行に取られる事になるかもしれないと思った。

法子は先の事まで考えて誠実な意見を言ってくれたのだと思った。しかし、晶子はこれからどうしたらいいか分からず、途方に暮れた。

それから何もする事が出来ず、ただ日々が過ぎて行った。

3

土屋家の広大な庭に面した、洋風の応接間に置かれたフランス製のソファーに座り晶子は紅茶を飲んでいた。

そしてぐるりと室内を見回し溜め息をついた。

晶子は広い屋敷の隅々までこれまでに感じた事もないほど愛着を感じていた。屋敷には先祖の数々の喜びや苦しみ、生き様の痕跡があり、息づいているようだった。

晶子の幼児のときは祖父も祖母も元気で屋敷中に人々の声がにぎやかに響いていた。

特に祖母はお茶会や歌会など毎月のように趣味の会を開催して、市内の有力者を集めて土屋家に残されている絵画や掛け軸や陶器などを披露していた。

その様子を快く思わない父の姿を晶子も同情の気持ちで見ていた。昔の栄華にこだわっている祖母の日常が哀れに思えたのだ。

晶子の母は父の考えを大切にする謙虚な人だった。祖父母の派手な生活の傍ら、父母はいつの間にか居候のようにひっそりと離れ屋に暮らすようになっていた。晶子は大きくなるにつれてお屋敷のお嬢さまとして傲慢に振る舞うようになっていた。

晶子は突然悪夢のような中学2年の夏の事件を思い出した。

「そうだ。私はあの時からこの古い家から逃れようと決めたのだ」と晶子は誰もいない応接間で独りつぶやいた。

夏休みの恒例の行事である「土屋家夏祭り」はこれまでクラスの生徒だけでなく学校全体で参加する行事であった。

しかしその夏には誰一人祭りには来なかった。晶子は異常なこの事態をすぐには理解出来なかった。ただなにかしら底冷えのする恐怖を感じた。

祭りを準備していた祖母の怒りはとても激しいものだった。

「どうしたのかしら、今日は誰も来ないなんて。本当にどうしたのかしら」

祖母は周囲の人々の土屋家への嫌悪と憎悪を理解出来なかった。

しかし、この事態がたくさんの人たちの並々ならぬ心の葛藤の結果であることははっきりしていた。

あの夏休みが終わった2学期から晶子の生活は激変した。

晶子の周りには「無視」という過酷ないじめが毎日繰り回された。土屋家への大きな憎悪は結局晶子に集中していた。なぜなら祖父母も父母もほとんど外の世界との接点はなかったからだ。

しかし祖母は少しずつ自分たちの置かれた深刻な状況に気付いていった。そして日に日に無口になり急速に衰弱していった。それから半年後に祖母は失意のうちに亡くなった。

そして、晶子は3学期には東京の私学に転校した。

晶子はすっかり冷えた紅茶を飲み干した。

改めて晶子は土屋家の先祖たちの様々な思いを回想した。

今、晶子は解決の方法がわからない相続問題で、先祖が大切にしてきたこの屋敷と関東屈指の名庭園と広大な土地を失いかけていた。

晶子が土屋家の子孫の義務を放棄して、父母と離れ長らく海外で生活していたことも、晶子の悔恨の気持ちを深めていた。

「ごめんなさい、ごめんなさい。私のわがままを許してくれて、海外生活を支えてくれていたのにね」

晶子はおもわず涙ぐんだ。

父の葬式で帰郷して初めて、自分の生まれた家が想像以上に没落していて、月々の収入は父の年金だけのようだった事を知った。

父の生活全般を支援してくれていた北川家政婦紹介所の北川法子は、ほぼボランティアで尽くしてくれていたらしい。1年に1度、十分すぎる仕送りを受けていた晶子はそういった事情をまるで知らなかった。

4

細く冷たい雨が紫陽花の花を濡らしている。

梅雨は明けるようで中々明けなかった。晶子が実家に帰ってから3ヶ月が過ぎようとしていた。

「もう家と庭を物納するしかないのかしら。そして、私の代でこの家を失うのよね」

晶子はしっとりと雨に包まれている屋敷が晶子の失意の心を、静かに癒してくれているように感じられた。

7月になって明るい日射しが庭園を美しく照らし始めた。

雨に濡れていた木々の緑は急に生き生きと輝き、少しずつ暖かくなってきた。7月は晶子の誕生月である。

そんなある日の午後、晶子のもとへ北川法子と市の職員である藤村茂が揃って訪ねて来た。

「お嬢様にすばらしい提案を持ってまいりました」

法子は本当にこれ以上の考えはないといった様子で話を始めた。

「私がお父様をお世話していてお年寄りの介護がとても大切なことと感じました。これからの事業で女性にふさわしいものは、来年から始まる介護保険に関わる事業が一番良いと思います。お嬢様がこの広いお庭に通所介護のための建物を建設すればどんなにすばらしい施設になるでしょう。皆さんがこの古式豊かな風情のある場所で介護を受けるなんて夢のような話になります。会社を起業すれば、銀行の融資を受けても貸付け金を返済する事が出来ると思います」

法子はうっとりとした顔つきで応接間に面した広大な庭を眺めながら、

「この場所はデイサービスで集まったお年寄りの笑顔でいっぱいになるでしょう」

と言った。

晶子はふとこの屋敷に人が溢れていた時代の光景を思い出した。あの頃は祖父母の晴れやかで穏やかな笑顔があった。

しかし、晶子は既に、現在、自分の非力さを思い知らされていた。

「そんな仕事を私が果たして出来るでしょうか」

不安とかすかな希望をもって茂の方に問いかけた。茂は、

「介護保険にかかわる事業は日本で初めての福祉事業ですから、本当に誰もがすべてはじめてなのです。みんなが暗中模索の状態なのです。ただ言えることは、これからの日本にとってとても重要な仕事だということです」と少し興奮気味に言った。

「僕も今年の4月から介護保険課に配属になりましたので自分自身も必死なわけです。どうしたら来年4月からうまく事業を発足させられるか、市全体の問題でもありますが、当面僕の任務はお年寄りを受け入れてくれる事業者を地元に作るということです」

晶子は茂の真摯な態度に心を動かされた、そして茂は、

「私の中学の同級生だった北川法子さんがこれまで家政婦をやっていた方をヘルパーとして養成していますから、法子さんに手伝ってもらえばそれこそ鬼に金棒ということです」

と続けた。

晶子は2人の矢継ぎ早の話ぶりに一抹の不安を感じた。

「とても良い提案のようですが肝心な銀行の方がなんと考えるかわかりませんから」

逡巡する晶子の前に介護保険に関わる沢山の資料が並べられた。その中には事業

指定をとるための県の手続き書類もあった。

2人が帰った後、晶子は今までに味わったことのない胸のざわめきをおぼえた。その中には、これまで土屋家の一員として、社会になにも貢献してこなかった自分が、何かできるのではという期待も含まれていた。

晶子は数日考えた末にまずは銀行に相談しようと思い、地方銀行である地元の花桃銀行に連絡をした。

5

花桃銀行の支店長代理の大杉輝一が、司法書士を伴って現れたのは8月の終わりであった。なかなか銀行がやって来ない事に不信感を覚えていた晶子は大杉の訪問を歓迎した。

大杉はまだ若く30歳ぐらいに見え、端正な顔立ちをしていた。

「私どもの銀行内で十分に検討してまいりました。そこで土屋さんに事業計画を作って頂いて、融資の額や詳細について具体化したいと思います」

大杉は秀でた額を晶子に近づけながら、銀行での今後の取り扱いについて詳しく話しだした。

次に、一緒にきた司法書士がすでに作ってあるらしい事業計画を説明しはじめた。

晶子はあまりの準備のよさに躊躇して、

「もう計画が出来ているのですか」と問い質した。

大杉は少し慌てた様子で、

「市役所の介護保険課にお話を伺うとこの時期に動きださないと、来年4月の介護保険事業に参加することが難しいということです」

さらに続けて大杉は言った。

「土屋さんがこの事業に参入することは女性が積極的に活躍出来る手本となるでしょう。わが行としても女性実業者を応援していきたい気持ちがあります」

大杉の説得があまりにも熱心なので違和感を覚えた晶子は、

「作って頂いた計画書を少しの間検討させて下さい」と言った。

大杉は不本意な顔をして帰っていった。

晶子は提案された事業の内容を自分なりにじっくりと読み解いていった。

数日後、晶子は北川法子に電話をした。

法子はすぐに土屋家にやってきた。法子は市役所の藤村から聞いたのか既に銀行の提案を知っていて、きらきらと目を輝かして興奮気味に言った。

「お嬢様ぜひ私に手伝わせてください。お父様もきっとお喜びになるはずです。お亡くなりになる前に私に介護の仕事を続けてほしいと言っておられました。これからの女の人が中心に出来る仕事が介護の仕事である、と。私はお父様の気持ちを引き継いで自分で起業しようと準備をしましたがいろいろな事が障害になって諦めたのです。ヘルパーも信頼出来る人が沢山います」

法子がこんなに介護の仕事に情熱を燃やしていることを知って、晶子は頼もしさを感じたが、同時に不安も残った。

晶子は不安定な気持ちを抱えたまま、法子を伴って屋敷の外に散歩に出た。

土屋家の門の正面には大きな道路が広がっている。この道路は武家屋敷跡道路でいまでも閑静な場所である。

屋敷は土塀で囲まれて、家中の様子は覗いしれない。

道路にはみだしている木々はどれも樹齢があり、高く枝を伸ばしている。

午後の時間の穏やかな日差しが道を照らしていた。

時折吹く秋風が2人の頬に心地よく当たっていく。

法子は外国帰りの晶子をエスコートするようにして歩いている。そんな様子に晶子は法子の思いやりを感じた。

道を大きく迂回してやや細い通りに入った。この通りの先にある「雫神社」に2人はお参りに行くことにした。

ここは初めは鎮め神社と呼ばれていたが時が流れるにしたがって訛って雫神社となり渡良瀬市の総鎮守として市民の崇敬を受けていた。

雫神社はかつて城内にあって、一般の人がみだりに城内に入ることが出来なかった。沢山の人々がお参りが出来るようにと現在の場所に移されたのだ。むかし廓町であったこの通りは狭く暗い感じである。この通りには法子の家がある。その奥に雫神社がある。

神社の境内には樹齢１００年の巨木が大きく根を張って伸びていた。晶子と法子は神社の前で柏手を打って深々と頭を下げた。

「お嬢様、私がこんなに真剣に神様にお願いしたのは初めての事です」法子は顔を上げて傍らにいる晶子に言った。

晶子は法子の真剣なまなざしに心を打たれた。

「法子さん、私も今度のお仕事の成功を心からお祈りしました」

晶子は晴れやかな笑顔で答えた。いつしか夕日が2人を包み茜色に染めていた。

晶子は燃えるような夕日を見つめ、決意を固めた。

法子の力を借りて介護の事業に進むことを決めたのだった。

6

それから2人は具体的に計画を進めていった。まず、施設をどのように建築するかなどを話し合った。表門の横の空き地に駐車場を造り玄関までのスロープを整備していく。

それ以外はこれまでの庭園や屋敷の趣きを残していく事にした。これは銀行からの提案でもあった。

一番苦労したのは施設の中の入浴施設の整備であった。30人定員にすると機械浴も必要であり相当な費用がかさむことになる。排水工事も大変である。

銀行が示している融資金額の1億円のなかで建築費に回せるのは2000万円ほどである。相続税が約5000万、地方税は約2000万とすると7000万は確保しておかなければならない。備品購入に200万、運営費に800万位残すとすると無駄な設備は最小にしなければならない。

晶子は法子とともに施設の概要を作り、指定に係る書類の手続きに入った。

まず法人格を取得していくために資本金を決め会社の役員を定めて法務局に届けた。

もちろん一連の手続きには大杉の援助が不可欠であった。

法子は腕のいい棟梁を連れて来て施設の見積もりを取るなど、めざましい働きをはじめた。銀行との契約の時も会社設立した後の職員の採用などでも力を発揮した。

晶子は驚きにも似た気持ちで只々法子の行動を見守っていた。

法子自身は晶子の会社のために必死に動いているうちに自分の願いを叶えられるような気持ちになっていた。法子と法子の祖母は、法子の母親が駆け落ちしてから周りから陰口を叩かれ、後ろ指をさされながら生きて来た。

学歴もなく負け犬のような日々を、これまで過ごしてきたのだ。

晶子と起業のために奮闘しているうちに自分の居場所と生きる道を見つけたように感じた。

「そうだわ、私にも頑張れば出来る事がある」

法子は声に出して言った。

法子は晶子のおっとりした性格に時々歯がゆく思いながらもそのギャップが安心にもつながった。大学を卒業したあとイタリアに留学し、その後ヨーロッパ各地を転々としていた外国かぶれの晶子も法子の頭の良さに驚いていた。

「法子さんはお若いのにいろんな事をご存知なのね。とても感心したわ」

晶子は目を細めて心からの感謝を法子に伝えた。

「お嬢様、私こそとても感動的な気持ちでお仕事をさせて頂いております」

法子もはっきりと答えていた。

晶子と法子の出会いは土屋惣一郎の死がきっかけであったが、その後は介護事業を起業することで意気投合して、二人三脚の取り組みとなった。

「法子さん、私達がやる仕事は通所介護だと思うけど、通所介護と訪問介護の違いは何かしら」

「お嬢様、訪問介護とはヘルパーが利用者の家を訪問して介護する事です。通所介護、一般的にはデイサービスと呼ばれているものは利用者が介護会社の施設を訪ねて、そこで介護を受ける事です」

法子は介護の基本中の基本である事を丁寧に晶子に説明した。

「お嬢様、実はお願いがあるのですが、うちで養成したヘルパーをこちらで雇って頂きたいのです」

法子は一番気にかけていたことをお願いした。

「当然ですよ。最初からそのつもりです。市役所の藤村さんもそうおっしゃっていましたわ。優秀なスタッフの確保が肝心ですよ。法子さんのお知り合いなら安心ですもの」

晶子は本当にありがたい申し出だと感じていた。

秋が過ぎ無事に融資が実行されて相続税も納税した。晶子は自分が育った家の庭の中に施設が少しずつ建設されていくのを、新たな出発の証としてながめていた。

大工達は、

「こんな豪華な庭のある場所で介護を受けるなんて、羨ましいかぎりだ。世の中変わっていくね」

と、彼等も今まであまり出入りできなかった庭に興味を持ちながら、工事を進めていた。

いつの間にか周りの人たちは晶子のことを「社長さん」と呼ぶようになった。

「社長さん、なるべく早く始めてくれよ。俺のおふくろもお世話になりたいからね」

大工の一人が弾んだ声で言った。

年が明け2000年4月、介護保険法が施行され、全国で一斉に介護事業が開始された。

7

晶子の通所介護の名称は「銀の杜」であった。

由緒ある土屋家で行われるデイサービスは開所する前から評判になった。

ひっそりしていた土屋家はにぎやかな話声が溢れるようになった。ローカル紙に紹介されるなど、渡良瀬市の話題の施設となった。

法子の連れてきたヘルパー達は準備のためにてきぱきと立ち働いた。法子の指示は、さすが長い間家政婦を手配してきただけの経験が生かされていた。

晶子は法子とともに会社設立に伴う各種申請を行った。労働基準局に労働保険の申請とハローワークに雇用保険、税務署に法人申請を行うなど細かい事務手続きをしながら、いままで無関心だった世の中の仕組みの複雑さを知った。

パソコンや複合機、など事務関係の準備を進めていくためにベテランの事務員を雇った。

事務員の水越加奈子は実に堅実な人であった。

4月の開所に向けて全員で奮闘した。

銀の杜はスタッフ15人で開業した。

晶子が50歳、法子が35歳、事務員の水越加奈子は50歳、ヘルパー長の川田優子は41歳、唯一の男性である滝一男は55歳で送迎運転手兼雑務係、この5人が中心となって開所を迎えた。

初日の利用者は6人で全員が法子の知り合いであった。

土屋家の庭には春の花々が咲き乱れ花桃や桜花が美しく屋敷を彩っていた。銀の杜に来た1人1人に挨拶して回った晶子を利用者は、

「お父さんにお世話になりました。やさしいひとでした」

「お母さんに似ていますね」

「うちの娘は多分社長さんと同級生だったと思いますよ」

晶子は中学の悪夢の出来事を思いおこしていた。あの時は自分の生まれた家がどれほど世間から嫌われているかを痛感して、この家から逃れていったのだ。

しかし今、笑顔で話しかけてくる利用者達は憧れと親しみを土屋家に持っていたのだ。

中学で家を離れて35年の時が流れて、実家で始めたデイサービスの部屋で、故郷に帰ってきたことを実感した。

「父と母は屋敷の端の離れ家にひっそりと生活していました。だからみなさんとお

付き合いがあるなんて思いませんでした」

晶子は驚いて言った。

「いいえ土屋総一郎さんは市政が混乱していた時期に、市民から望まれて助役になられたのです。それから20年間も助役を勤められました」

晶子は父惣一郎の温和な顔立ちや立ち居振る舞いを思い出した。

晶子が渡良瀬を離れて東京の学校に行き、その後ヨーロッパで暮らしていた間で、地域と土屋家の関係は変わっていたのだ。

その事を知った晶子は安心して介護の仕事に取り組んだ。

それから、銀の杜は日を追う毎に利用者の人数が増えていった。スタッフは益々、勢力的に利用者の獲得に駆け回った。

一方、介護事業は安定した事業内容が知れると異業種からの参入が急速に増えていった。

建設会社は自前で施設を造り医療法人は中間施設である老健施設を立ち上げた。

介護事業は過当競争による戦乱の時代に突入した。

晶子と法子は今後のことを考えて、ケアマネージャーとして50歳の山本圭子を雇い入れて、居宅介護支援事業の県の指定を受けて、より積極的に利用者の獲得に力を入れた。

介護サービスプランのキーマンはケアマネージャーの力量によることが多かっ

た。

同時に在宅介護のために訪問介護事業所も開設して、２００1年から2ヶ所の事業を運営することになった。

事業開始2年目であった。

訪問介護事業では、新しいヘルパーを短時間勤務の雇用として人数を増やした。

事務員の水越は、自分も2級ヘルパーの資格を取得して介護の現場に出るようになった。

法子もサービス提供責任者の研修を受けて事業の質を高めていった。

ある日のこと、

「社長、秋山さんが今日も来ました。どうしますか」

水越が心配顔で晶子に聞いて来た。

「秋山さんは居酒屋を夫婦で夜中までやっている人で、銀の杜の訪問介護で母親の昼食の介助とオムツ替え、夕方の身体清拭と食事介助を毎日利用している方です。秋山さんの希望は夜10時にもう1回オムツ替えに訪問して欲しいという事です」

「それで行けるヘルパーがいないのかしら」

「いえ、行くヘルパーはいます。問題は介護認定で定められている金額をだいぶオーバーしてしまう事です。これまでも自己負担金が遅れ気味なのですから」

「それじゃあ、どうすれば良いのですか」

「実費の費用を独自に取り決めて介護すれば良いのですが、それではヘルパーの賃金を確保することが難しいです。結局、赤字覚悟の仕事になります」

いろいろ検討した結果赤字覚悟で訪問介護に入ることになった。それからは毎日のように秋山の事が問題になった。

秋山宅を夜10時に訪問すると部屋のあちこちに大便が塗りたくられていて悪臭が立ちこめていた。担当ヘルパーは悪戦苦闘して掃除したが30分の介護時間が2時間に延長になってしまった。秋山の母親の認知症はさらに重くなっていった。

秋山は店の経営も上手くいっておらず、経済的に施設に入れることも出来ないのだ。晶子は自分の夜具や寝間着を提供して秋山を支援し続けた。

法子は晶子の収支度外視したやり方ではいつか破綻してしまうのではないかと思い、それとなく晶子に忠告した。

が、晶子は、秋山の母親の訪問介護をつづけた。

「秋山さんが、やっぱりデイサービスでお母さんをお風呂に入れてほしいと言ってきました」事務職の水越が嬉しそうに報告してきた。

銀の杜では訪問介護のヘルパーの苦労を聞いていたので、皆で喜んだ。

初めてデイサービスに来る日には、晶子も一緒に送迎車に乗って迎えに行った。

晶子は予想以上の秋山の困難な生活状態を見て驚き、もっと早くデイサービスにお迎えすれば良かったと後悔した。

秋山の母親の介護は順調に進んで行った。元々きれいな顔立ちであった秋山の母親は、日に日にさっぱりと清々しい様子になっていった。晶子はその母親の変化がとても嬉しかった。

1ヶ月ほど過ぎた頃、

「秋山さんのお母さんが今朝亡くなりました」とヘルパーが晶子に告げた。

「それは、それは幸せそうな顔で亡くなっていたそうです」ヘルパーが悲しみをこらえて、それでも誇らしく報告してきた。銀の杜の職員全員に、全力で秋山の母親の介護にあたったという自負が生まれていた。葬式の時に使われた遺影も、銀の杜で撮られた穏やかな笑顔の写真が使われた。

葬式の時に秋山夫婦や秋山の母親の妹が涙ぐんで、

「本当にありがとうございました、母があんな幸せな最後を迎えられたのは銀の杜の皆さんのおかげです」と感謝の言葉を晶子とヘルパーに伝えた。

そして葬式の後に秋山夫婦が銀の杜を訪ねて来て、晶子にお金を渡そうとした。

「私達の感謝の気持ちです。どうぞ受け取ってください」

秋山夫婦は頭を下げて晶子に言った。

晶子は受け取る事が出来ず、秋山さんのお母さんが幸せな時間を過ごす事が出来て良かったです、私達も本当に嬉しいです、と伝えた。

またある日、銀の杜に救急車が音高く入って来た。

デイサービス利用者の高木のおじいちゃんが昼ご飯のあとで食べたデザートを誤飲して喉につまらせたからだ。救急車に2人のヘルパーが同乗していって、そのまま入院の付き添いをすることになった。

高木は独居なので、晶子は退院してからも心配になり、しばらくの間、晶子の家の離れ屋に寝泊まりさせていた。高木は元気になって、

「御恩返しです」と言って広い庭園の整備や周囲の掃除を手伝ってくれた。

「困った人を助けるのは、大切なことです」と晶子は収支を度外視して、ますますお金にならない人助けに力を入れていった。

法子はそうした晶子の仕事のやり方に、違和感を覚えて、

「社長、福祉という仕事も採算を考えなくては、いつか破綻しますよ」とハッキリと言葉にして伝えた。

晶子は法子の忠告を真摯に受け止めているのだが、知らず知らずのうちにまた無償のサービスを提供することになっていた。

元サラリーマンの堺さんの妻が銀の杜で介護を受ける事になった。

大阪に住んでいる息子さんと福岡に住んでいる娘さんからの依頼だった。堺家は堅実な家庭で、堺夫婦は子供二人を育て上げた後、渡良瀬にあるこじんまりとした一軒家に住んでいた。

堺の妻は介護程度が低いのでケアマネージャーの山本は、家事介護のプランをい

れて、支援を続けていた。

ヘルパーの川田優子はその日、堺の奥さんの介護に入っていた。昼ご飯を用意し洗濯機を回して掃除を始めたときに、男性の叫び声と、何かが転げ落ちるような大きい音がした。

ヘルパーの川田から事務所に緊急連絡が入った。

「大変です、ご主人と奥様が二階の階段から転落しました！　誰か早く助けに来てください！　私は今奥様の支援にきているのです」

余程動揺しているらしく、川田の話は埒があかなかった。

晶子と法子が堺宅に着いた時、状況が明らかになった。

階段から転落しそうになった妻を助けようと、堺さんも妻と一緒に階段から落ちていた。

川田が聞いた大きい音は堺さんと奥さんが階段から落ちた音だった。川田は気を取り直しすぐに救急車を呼び入院の準備をして待っていた。

夫婦そろって救急車で運ばれて行った。救急車で運ばれる途中で奥さんは息を引き取った。頭を強く打っていたのだ。

晶子と法子はその後、警察に報告した。

ヘルパーの川田は警察に厳しく事情を聞かれた。

「奥さんは膝と腰が悪く、車椅子は使用していませんでしたが日常生活に支障が出ていました。私は主に洗濯や掃除などの家事を請け負っていました。私が掃除をしている時、ご主人の危ない、という声が聴こえました。おそらく奥さんが階段を踏み外して、それを助けようとしたのだと思います」

警察は事故死と断定して引き返して行った。

晶子は介護事業の現実に直面して困惑することになった。

人生の終焉に不可避な介護を受けるという現実。この現実を営利事業にしなければならない事の難しさを感じ始めた。

「こんな事がいつまでもつづくのかしら、人のために福祉事業を遂行するのは民間では無理のように思うわ」と晶子は言った。

「社長、それは違います。どうしようもない方もいますが、私たちのデイサービスに来ている沢山の皆さんの幸せなお顔をご覧ください。あんなに大変だった秋山さんのお母さんの最後の穏やかな死に顔を思い出して下さい。もし私達がお世話しなかったら秋山さんのお母さんはどんな最後だったでしょう、すべてに満足な介護が出来なくても精一杯仕事をする事です」

法子はそう言いながら晶子は経営者としては、繊細すぎるのだと、その弱い心を危ういと感じていた。

そしてこれまで自分たちの知り合いなどから、人材の確保をして来たのでどうしても家族的になり、その結果事務所に緊張感が無くなっていることを反省した。

法子は、

「社長、外部から人材を募集しましょう」と晶子の合意を得てハローワークにヘルパーの募集をかけた。３人が応募してきた。

応募してきた内の１人の奥山江利子はすでに介護福祉士の資格を有する者であった。

面接をした晶子は江利子のはきはきとした受け答えに好感を持ちすぐに採用した。

江利子は若く美しく、優しい物言いで介護の態度も一生懸命なので、利用者に歓迎されていた。

多くの利用者が江利子を訪問介護に回してくれるよう望むようになっていった。

訪問介護では利用者との関係が密接になるために、相性の良いヘルパーの介護を希望することがある。

「江利子さんに比重がかかり過ぎるのでチームワークが乱れます」とヘルパー長の川田優子は晶子に度々苦言を呈した。

「川田さんの気持は分かります。でも、ヘルパーをまとめているのは川田さんですから皆さんの面倒をみてください」

「社長、この業界は資格が優先するのです。だから資格の無い私が介護福祉士の江利子さんに指導することが難しいのです」と川田は気弱に言った。

この問題が事務所内に微妙な亀裂を生み出していった。そして、江利子が入社してから8ヶ月後に事件は起きた。

江利子は密かに自分の会社を設立していて、懇意になった利用者を引き抜いていったのだ。その上、晶子の元からヘルパーを3人も一緒に連れて退職して行った。晶子は正に介護事業の下克上の様子を見る思いであった。

それからの職員の動揺を静めて仕事に専念させるまで3ヶ月余りを要した。

晶子は江利子の笑顔の裏に隠されていた狡猾さに身震いした。そして介護業界の厳しさと社会そのものの厳しさをも痛感した。

晶子は法子にだけ「奥山さんがまさかあんな人だったなんて」と愚痴をこぼしたが、法子は、

「色々な人がいます、また皆で頑張って行きましょう」と晶子を励ました。

8

銀の杜の銀行への返済が遅れがちになったのは、開所して2年半頃からだった。

融資当時の1999年には度々訪問していた大杉輝一は融資が実行されると3ヶ月に1回になり半年に1回になっていた。

銀行の1億円の借入金の返済期限は10年だったので、返済額は利息を含めて月、

約120万円である。

しかし施設の整備に計画よりも大幅な増額があり出費が嵩んだ。

特に利用者を送り迎えするリフト付き介護車の購入費用が多額になり、訪問ヘルパー用の車の購入費もあった。

そこで花桃銀行の大杉の助言で車両購入のために別枠でローンを組み、それが実行された。

借入金の増額に不安を持つ晶子に対し大杉は、

「土屋さん、大丈夫ですよ。事業が軌道に乗れば月の支払いが200万位は十分可能ですからね」

と明るく答えた。

介護事業の収入は国保連合会から振り込まれる月々の介護報酬である。

銀の杜の評判が良くなるにつれて入ってくる介護報酬も上がっていた。経営は少しずつ安定するように見えた。

しかし、「諸経費を人件費も含めて最低、収入の7割程度に押さえなければ事業継続は難しいのではないか」と法子は現状に疑問を抱いていた。

銀の杜は規模が大きくなるにつれて人件費が大きくなり社会保障費も多額になっていった。様々な雑費が序々に嵩むようになった。

毎日通所していた利用者が亡くなると急に介護報酬が減額になり、こうした収入の変動も経営を不安定にしていた。

訪問介護の場合も体調が悪くなって入院すると介護保険から医療保険に変わって、収入はなくなった。

晶子がのんびりして営業に力を入れないでいるうちに、渡良瀬市にも大手の介護業者が参入していて、大胆な宣伝や勧誘を展開していた。

銀の杜は小さな会社に有り勝ちな、組織としての機能に欠けていた。

経営者も従業員もそれぞれの思いで働いていた。その思いがうまく噛み合わなかった結果、成果に繋がらずかえってマイナスになる事が多くなった。

その上、利用者数がケアマネージャーの山本が1人で受け持つことが出来る制限人数35人に達していたので、新規利用者を獲得するのが困難であった。

訪問介護の利用者の方も配食サービスをセットにした他の事業者に変更になったりして、毎月変動があって収入も浮き沈みがあった。

花桃銀行が晶子の会社の収支に懸念を持ち始めていた2003年の春に、大杉輝一は次長に昇格した。

次長になった大杉は晶子に直近の決算書の提出を求めた。

大杉には晶子の介護事業が計画通りに進んでいない事がはっきりしていた。

大杉は早速追加担保の交渉に向かった。

大杉が土屋晶子に融資した最初の時点のときの担保は屋敷の周りの畑や田んぼは

入っていなかった。まわりの田畑を含めた資産を一括担保にすべきだという考えを大杉は晶子に向かって切り出した。

「今が大事な時期ですよ。このまま収支が平行線を続けるとこれまでの努力が水の泡になってしまいます」

大杉はさらに、

「少し他の事業も視野に入れてお考えください。通所や訪問だけでなく入所施設とかグループホームとか真剣に考慮した方が宜しいかと思います」と言って他の新規介護事業の例などを話した。

「私にはそのような勇気も才能もないようです」と晶子は融資の増額を断った。

しかし、融資を断って半年も経たずに銀行の返済が遅れるようになった。さらに3ヶ月を過ぎた頃から花桃銀行では次長の大杉ではなく融資担当の社員が催促の電話や訪問をするようになった。

渡良瀬市のような地方でもお年寄りを家庭で介護するのは大変なので比較的費用がかからない特別養護老人ホームに入所する人が増えていった。

銀の杜に通所していたお年寄りも家族に負担がかかるようになると次々と老人ホームに移っていった。30人定員の大きな部屋には15人ほどの利用者しかいない日もあるようになった。

晶子はいよいよ資金繰りに困窮したあげく、銀行に出向いて一度は断った融資の増額を頼んだ。大杉は無表情のまま別室に招き入れて、言った。

「ご用向きは承りました。早速、この件について行内で検討します。多分1ヶ月以内には決済されるはずです」

大杉が土屋家の残りの土地の追加担保を条件に3000万の融資が可能だと晶子を訪れたのは2004年になってからだった。晶子はその条件で融資を受けた。

その後の晶子と銀行の関係は逆転し、晶子は銀行に対して弱気になっていった。

晶子と法子は経費を考慮して、新規事業として介護移送を開始した。通院などの際、利用者が必要としている事業である事と、運転手の滝一男が前職のタクシー会社で運行管理責任者の資格があり、新しく雇用することなく開始が出来ることが分かったからだ。

半年前に、晶子はハンデキャップを持つ人々がつくる全国組織と国土交通省との公開交渉の会議に参加していた。

その席で障害をもつ人たちが移動の自由がないことの悲惨な日常を初めて知った。さらに、ヨーロッパで車いすの人たちが街中で普通に活動している姿などが紹介された。

日本ではバリアフリーが不整備でハンデキャップのある人はほとんど家に閉じ込められているのだ。会議では熱心に話合いがなされていた。

タクシー業界の代表も参加していて全国の訪問介護業者がいわゆる白タク行為で

タクシー業界を圧迫し死活問題だと訴えていた。

論議はそれぞれ切実な主張であった。その場に居た厚生労働省もこの深刻な問題を解決するように動くことになった。

そうした運動の結果、訪問介護事業の指定業者には国土交通省が78条という特別な許可を与えた。その許可によって、車両をセダンも含めて使用しても白タクにならないような制度が作られた。

晶子はお年寄りも自由に移動が出来ない現状を考えて、介護移送事業に参入した。

「僕はその仕事を普段から是非やるべきだと思っていました」

滝は積極的な賛成意見であった。久方ぶりに事務所は活気づいた。安価な費用で通院が出来るということで評判になり利用客は大幅に増えて行った。

県内の沢山の訪問介護事業者も次々に78条の許可を取得していった。また独自に介護タクシーを開業する業者も現れた。

これまで高齢者の通院のために家族の誰かが休暇を取って対応していたのが生活介護や身体介護と一体になって介護業者が出来るようになったため、利用者はとても助かると喜んだ。

銀の杜でもそういう利便さがうけて利用者が増えて行った。

ところが介護移送の需要が多いのを渡良瀬市が重要視して乗り合いバスを既存のタクシー会社と連携して運行し始めた。

その上にタクシー券を発行して市内の高齢者や障害者の利便をはかるようになった。

そうすると客は安価な渡良瀬市の介護タクシーを利用するようになり、銀の杜タクシーから離れて行った。

新規事業を初めてわずか1年も経たないのに事態は衰退した。

「資本力がなくてはどんな事業でも継続は困難なのだろうか」

晶子は一人ごとを言った。

晶子は父総一郎の死から怒濤のような流れのなかで介護事業に参画して、生まれて初めて経営者という立場になり悪戦苦闘を余儀なくされてきた。

この間はまるで夢のような嬉しい出来事や悪夢のような驚くべき事態が起きたりした。

晶子は自分のような海外に長く暮らした者は日本の現状や高齢者の気持ちの機微などに理解が稀薄なために、介護事業を経営するのは不可能だったのではないのかと考えるようになった。

そして不安におそわれた。

「これまでの努力は無駄なものだったのかもしれない」

晶子は法子に言った。

法子はそんな晶子を励ますように言った。

「きっと、いつか報われます」

２００５年になるとますます介護事業者は増えていった。事業所が増えるとともにヘルパーの移動も激しくなって行った。

狭い業界なのでどのヘルパーがどこの事業所に移ったという情報が流れていた。

銀の杜のヘルパーにも動揺が走った。

9

晶子の事務所でさらに西村覚治の事件が起きた。西村は小さな部屋を借りて生活保護を受けて暮らしていた。

若い頃に患った病気が原因で体が不自由になっていた西村はだんだんと日常生活ができなくなっていたので、市は施設入所を進めたが西村は頑強に断っていた。

市の生活保護課は彼の介護のためにいくつかの訪問介護事業を頼んだが、西村の介護に対する要求が過酷なため引き受ける事業者が無い事態に陥っていた。

困った市は銀の杜に依頼してきた。ケアマネージャーの山本はこの介護の厳しい条件を危惧したが、晶子は西村の事情を聞いて介護を引き受けることにした。

「そんなに苦労している方ならばうちで良く見てあげれば安心でしょう」

しかし、この介護が晶子により打撃を与えて行く事になる。

西村の介護に入ったヘルパーはわがままといえるほどの様々な要求と苦情に辟易した。

何人もヘルパーを変えて介護を続けていくうちに、西村は徐々に衰弱していった。

1ヶ月に1度の通院も拒否して3ヶ月に1度になり、服薬も自分ではやらず、ヘルパーが服薬を促しても拒否するようになった。

ほとんど身動きをせずに1日を過ごすようになった。これまではトイレには自力で行っていたのに、「もうすぐ死ぬのだからなにもしない」と、西村は排尿も排便も布団の中でするようになった。

晶子達は介護拒否の実態をまざまざと知ることになった。

市の担当者も度々訪問調査をして事態の解決を計ろうとしたが、本人がはっきり拒否しているので仕方なく現状維持をするしか方法がなかった。

晶子自身も西村宅を訪れてオムツの使用を懇願したり食事や服薬を頼んだりしたが、西村の拒否の態度は変わらなかった。

晶子は汚れた布団を次々変えて、少しでも清潔さを保つために知恵を絞った。

「もう何もしないでくれ、お願いだよ」

西村は瘠せ衰えてもはっきりとした意志をもって言い続けた。

背中や臀部に大きく深い床ずれが出来、もう介護できる状態ではなくなった。

どうしても医療に移行しなければならないと思った晶子は、生活保護課に救急車を呼ぶ事に合意を取りつけてから、ヘルパー3人と運転手を集めて救急車で病院に入院させた。

身寄りのない西村の入院手続きは晶子がすませた。それから1週間ほどで西村は死亡した。

晶子はヘルパーと一緒に西村のアパートの部屋に片付けに行った。

畳の部屋と小さい台所、狭いトイレは西村の最後を見ていたのだ。畳までしみ込んだ死を迎えた匂い、重い障害を抱えて必死に生きて来た西村の最後の固い決意を晶子は悲しく思い起こした。

自分の生も死も思いのままにならない自分の境遇を西村は嫌悪していたであろう。

どんなにもがいても明かりは見えず、苦悩していた日々。現在の有様を考えてさらに深く落ち込んでいったであろう西村。

――俺の手に残されている生死の選択はひとつだ、医者を拒絶し食事を拒んで自分の意志で死を迎えることである。介護行為こそ俺の決意を邪魔するものだ――

晶子は西村の最後の言葉と、苦しいほどの強い眼光を思い出した。

人間の死とは何なのか、人生とは何。晶子は掃除を終えた小さな西村の部屋で、これまでの生きて来た様々な人の経験や、介護で出会った人々のことを思い出していた。

そして晶子は西村の苦しみと悲しみを胸の内にして夕暮れの迫るまで静かに座っていた。

土屋家に帰った晶子は、父総一郎が最後の日の朝、屋敷中の部屋を開け放って、土屋家の歴史を象徴する大広間で一人静かに息を引き取った最後の心情を思いやった。

晶子は父の最後の日に側にいてやれなかった。それでも父は穏やかで幸せな笑顔だったというのだ。どんな死でも死は孤独に一人で迎えるものなのかもしれない。

いつか、きっと自分も。晶子はそんな事を思っていた。

10

銀の杜は序々に経営不振に陥っていった。

デイサービスの利用者は少しずつ他の入所施設に移っていった。新規の利用者はなかなか入って来ないので、経営の困難は誰の目にも明らかになって来た。

晶子が新規業として始めた介護移送事業も将来的にはあまり期待が出来なかった。

「このままこの会社は潰れるのかしら」

従業員の中で囁かれ始めた。

「晶子社長は経営者として何か頼りない気がするわ」

内心不安に思ったヘルパー達は1人減り2人減っていった。

そうした状況に花桃銀行の支払いの請求が厳しくなり、事業所は度々次長の大杉輝一の訪問を受けるようになった。

大杉は「決算書と今後の支払い計画書を出して下さい」と生真面目なそして妥協のない顔で言った。晶子は西村の時も介護事業の難しさを痛感していたので先行きに非常な不安を感じていた。

「このまま支払いが遅れるようだと当行としても然るべき措置を取らざるを得ません」

大杉はそういう話し振りで晶子を途方に暮れさせた。

「一度銀行においで下さい」

大杉は話し合いましょう、と言った。

晶子が花桃銀行の応設間で大杉と本店の融資担当と話し合うことになったのは2005年の暮れ近くであった。

「土屋さん、このままでは不本意ながら競売の申し立てをしなければなりません。これまで渡良瀬市の旧家だった土屋家を競売に掛ける事は忍びないことですが」と大杉は申し分けなさそうに言った。

「私どもも何か良い方法がないか色々当たって見ます」と本店の担当者が含みのあ

る言い方をした。

それから2ヶ月位経った2006年の2月中頃、晶子は銀行に呼ばれた。

晶子はその時、大杉と本店の担当者から、思いもよらない提案をうけた。

11

「そこで、内々の話をしたいのです。土屋さんにとって、とても有利な提案です」

大杉は少し声を落として言った。

2006年度の渡良瀬市の当初予算に〈渡良瀬の歴史の街づくり〉の予算が8年ぶりに計上されたということである。その予算の中で町並みの整備、史跡の整備、それに伴う土地の買収費があるという。

「もちろん、今年の当初予算が市議会で通過してからの実施になりますが。でもまず土屋さんの内諾があれば幸いです」

「大杉さん、それは具体的にどういうことですか」

晶子は銀行の態度の変わりように戸惑っていた。渡良瀬市の予算と自分の現在の苦境との関わりが理解出来なかった。

「つまり、市は土屋さんのあの由緒ある屋敷と庭を、歴史の街づくりの根幹の土地として、必要としているのです。これは大変良い話です」

「つまり……それはどういう事ですか」

　大杉はもっと詳しく話すため、前のめりの姿勢になった。

「市は長い間、観光に力を入れてきたそうです。渡良瀬市内を通る日光街道の宣伝や鎌倉公方の紹介、渡良瀬川に広がる遊水池、河川敷に造成したゴルフ場等、様々に取り組んできたそうです」

　大杉はその後を話そうとして、一瞬、躊躇するように口ごもった。

「それで、具体的には」

　本店の担当者は少し急かすように言った。

「はい、肝心な渡良瀬の名所はやっぱり渡良瀬城祉の後に建つ土屋家だという事なのです。土屋家が観光のためには、どうしても欠かせないということです」

　晶子は銀行の意図を徐々に理解し、全身に寒気を感じた。

「土屋さんへの融資の額を上回る買収額が計上されているので、当行でもこの市の計画に積極的に乗っていきたいと考えています」

「つまり、私に自分の土地を手放せと……」

「お任せ頂ければ悪いようには致しません」

　本店の担当者は晶子の顔色を伺うように言った。

　晶子は十分理解することもできないまま、銀行側の畳みかけるような説得を呆然とした気持ちで聞いていた。そして、自分一人では決められない、法子さんに相談しないと、と言うのが精一杯だった。

12

晶子は法子を呼んでこれまでの銀行での顛末を話して、今後の銀の杜のことを相談した。法子は、渡良瀬市も銀行も初めからそのつもりだったのではないかと憤った。

そして、絶対にいいなりになってはいけない、二人で頑張って、この窮地を乗り越えましょうと晶子に言った。

しかし、晶子は身も心も疲れ果てていた。

「法子さん、私はもう56歳です。これ以上仕事を続けていけば、私の老後は借金の地獄に押し潰されたものになるでしょう」

驚く法子に、晶子は続けて、

「これまでの私のやり方は事業経営とは言えません。そして福祉の事業にきびしい現状を乗り越えることも難しいと思います」と言った。

法子は晶子の発言の真意を計り知ることができなかった。しかし晶子がどれほど自分自身の無力さを感じているのかは理解した。

そんな晶子に法子は、

「晶子さん、私はお屋敷様を最後まで介護しました。その時にお屋敷様は私に介護の重要性を説かれていました。家族がいない人も、最後まで生きていけるように介護事業を起業するように言われました。私はその言葉に感動しました」

晶子は法子が当初から介護事業に並々ならぬ思いがあったことを思い出した。

「ですから、私は介護の仕事を辞めません。銀の杜が無くなっても、自分で会社を立ち上げて続けていきたいと思っています」

法子は一気に自分の気持ちを吐き出した。

晶子は年が若い法子がキビキビと行動して、目を疑うような段取りの早さで、晶子を介護の仕事に引き込んだ経緯を思いおこしていた。

晶子は法子の圧倒的な情熱に負けていた。介護への情熱も、それ以上に生きるための努力も、苦労も、はるかに法子が勝っていると感じた。

「法子さんは、仕事を続けて下さい。銀の杜の皆も法子さんについて行く事でしょう」

晶子は法子を見つめて微笑んで言った。法子は晶子をじっと見つめた後、

「お屋敷様は私を本当の孫だと思っていました。それだけ、私のおばあさんと親密だったのです。わたしの家はそういうことも、つまり、昔は遊郭だったのですから」

晶子は驚きのあまり目を見開いて言った。

「それならば……私と法子さんのお母さんは腹違いの姉妹で、私たちは血の繋がっ

た叔母と姪ということになるの？」

「晶子さん、私はずっと晶子さんと仕事を続けていきたいと思っていました。本当にずっと……」

法子は俯いてそう言った。泣いているようだった。

晶子の目の前にいるのはもう他人ではなく、血の繋がった大切な肉親だった。

晶子はすべてを法子に託して引退する事を決めた。

銀の杜のヘルパーや事務員、運転手などは法子の新しい事業に参加することになった。

銀の杜の利用者の移動もスムーズに進められていた。法子の事業所の名称は北川訪問介護サービスとなった。

法子はいままで銀の杜で使用していた机や車両なども引き継いでいった。

晶子はがらんどうになった大広間や食堂などを見回して初めて喪失感に襲われた。近々、この設備も取り壊されるという事だった。

銀行と市からの代理人である歴史学者の小島洋介が訪ねて来たのは4月に入ってからだった。

「私は渡良瀬の歴史にとても高い価値を見いだしているのです。そういうことなのでこんな柄にもない役割を引き受けました」と渡良瀬市の嘱託の名刺を差し出した。

小島は晶子より10歳ほど年上で、60代半ばだった。眼鏡の奥のやさしいまなざしで語りかけて来た。その語り口は学者らしく穏やかで、晶子に久方ぶりの安穏を与えた。

小島の提案はさらに晶子を安心させた。

渡良瀬市は晶子の銀行からの借金を返済すること、その代わり、晶子は銀行の担保に入っている土地、建物を渡良瀬市に譲渡すること。

しかしそのうち西側にある離れ家の部分は分筆して晶子の住居にすること。

さらに、造成した駐車場はそのままにして市が毎月、晶子に賃貸料を支払うという提案だった。

小島は笑みを浮かべながら、

「駐車場のことでは、市は難色を示したのですが市の念願の土地が取得出来るのですからといって認めさせました」と言った。

晶子は小島の提案に感謝した。そして、両親が若い頃祖父母とはなれて暮らして居た離れ家に住むことが出来ることに慰めを感じていた。

晶子は離れ家で静かに過ごす事になった。

第三章

藤村茂の場合

1

藤村茂は高校三年の時進学を諦めて、卒業後、渡良瀬市役所に就職した。

茂がうまれた地区は江戸時代に助郷役として働いた新郷地の農村地区であった。

渡良瀬の町は江戸時代には渡良瀬城と日光街道を基準に武家屋敷、町人町、寺社地が整然と区画されていて、曲の手に屈折している道路は城下町特有の経済、治安など配慮した計画都市であった。

また渡良瀬は日光街道の渡良瀬宿であり大名の宿泊所として本陣や脇本陣があり、将軍の日光社参のときは常備の人馬では足りず近在の農民が助郷役としてかり出された。

特に利根川には軍事面から橋をかけることを許さず関所が設けられたので利根川近くの新郷地区の農民の役割は大きかった。

明治の時代になると渡良瀬川の上流に足尾銅山から流出した鉱毒が二度にわたる洪水で大きな被害をもたらした。

甚大な被害を受けた農民たちは「足尾銅山鉱毒事件」の解決の先頭にたっていた衆院議員の田中正造とともに鉱毒防止や損害補償などでたびたび陳情をした。

渡良瀬は田中正造の活動の拠点となり、首長はじめ商家、寺、農家など各方面の人々が物心両面の支援を惜しまなかった。

しかし明治政府は隣接する谷中村を犠牲にして広大な遊水池にして洪水を防ごうとした。反対する多くの人々の必死の運動にも関わらず谷中村は水底に沈んだ。

谷中村廃村にともない村民は各地に分散したが多くは渡良瀬に移住した。

藤村茂の先祖も谷中出身であった。茂は小学校の時から優秀であったが中学の時に両親が相次いで亡くなった。それから土屋家の当主の総一郎の援助を受けながら勉学に励んでいた。

しかしある日、

「茂君、誠に申し訳なく思うが私共にはもう君を支援する事が難しくなった。土屋家は崩壊寸前なのだよ」と沈んだ声で総一郎は言った。

「君の先祖は勇敢な谷中村民なのだから、市の職員になってこれからの渡良瀬市の発展に力を発揮してくれ」

総一郎は20年間勤めた助役を辞める時に茂を呼んで言った。

茂は大学の進学の夢が無くなった事で大きく落ち込んだが、気を取り直して市の職員としてまじめに働き始めた。

１９９4年、茂が30歳のとき転機が訪れた。

渡良瀬市は市の再開発構想と合わせて市の歴史を掘り起こして地方都市古都の風情を活かした「歴史の町づくり」構想を重点施策として取り組む事なった。その特別企画のメンバーに抜擢されたのだ。

　茂はまず市の有識者に呼びかけて市の歴史の詳しい調査を始めた。

　万葉集にも詠われている水ほとりの渡良瀬、鎌倉からゆかりの歴史的な建造物、足利文化が花開いた渡良瀬市、鎌倉公方の管轄国として関東地区の要塞として君臨していた渡良瀬市、江戸時代には幕府の要職を勤めた土井家の蘭学や科学を追求した先駆的な取り組み、幕末から明治にかけて多彩な文化人を輩出した渡良瀬市。

　調べれば調べるほど渡良瀬市に深い関心を茂は持った。

　この特別企画は構想からいよいよ予算化にするほどに煮詰まった。

「藤村さん、君は土屋家の当主と親しかったね。観光行政を考えるとどうしても渡良瀬市の歴史の痕跡や跡地を整備しなければならないわけです。渡良瀬城の跡地に立つ土屋家と庭園や周囲の景観全体を買収しなければ市の目的は達成する事は出来ません。ぜひこの大事な任務に当たってください」

　総務部長と企画部長に土屋家の買収の命令をうけた。

　茂は突然の任務に当惑したが部長たちの命令に逆らう事は出来ないと思った。

「私が調べた渡良瀬市の尊い歴史を広く知らせる事は大切なことです。買収が実現できるように頑張ってみます」

　10数年ぶりに訪れた土屋家は静まりかえっていた。大きな表門から声をかけながら屋敷の中へ入って行くと当主の姿は見あたらない。

広い敷地の中は木々や植木の手入れが行き届かないところが見受けられて、土屋家の実情が理解出来た。

その日は誰にも会わずに帰った。それから数回訪問したが、土屋総一郎に会う事ができなかった。ようやく会えたのは1ヶ月後だった。

夏の暑さが続いた後、急に秋の冷えがやってきた9月の初め、土屋家を訪れた日に茂が見た総一郎の姿は、すっかり老人になっていて昔の凛とした雰囲気はなくなっていた。

しばらく入院していて、その間付き添いをしていたのは中学時代の同級生の北川法子だった。

「お屋敷様は現在お一人で暮らしています。私はおばあちゃんがお世話になっている土屋さんの入院のお世話をすることになりました」

茂は中学生の時の面影が残っている法子が土屋家の家政婦になっていることで、なぜかほっとしていた。これから依頼する難題にかすかな希望が持てるような気になった。

2

茂は北川家政婦紹介所に法子を訪ねた。

法子の母親が男と失踪したという噂を知っていたので、法子は世間から逃れるように生きているのではと思っていた。

しかし実際は祖母と一緒に逞しく生きていたのだ。

「元気で良かったよ。法子さんが土屋家に出入りしているのは偶然ですが、僕にとってはとても有難いことです」と茂は土屋家に訪問した理由を話した。

茂は法子が住んでいる界隈に足を踏み入れたのは初めてだった。この街には自分とは相容れない何かがあった。家々の軒下は低く、昔からの色街の匂いが今でも残っていた。

「おや、あんたが茂君かい。法子が小さい頃良くあんたのことを話していたよ。頭が良いってね」

祖母のきぬが懐かしそうに話し掛けてきた。

茂がきぬと話している間に家政婦が次々に出入りした。病院から帰る人や一般の家庭の介護から引き上げて来た人が始終動き回っていた。その喧噪の人の出入りを巧みに裁いているのは法子である。

茂は家政婦紹介所の存在さえしらなかった。きぬは、

「あの人たちは皆、いろんな人生を生きて来たのよ。でも困っている人を助けたいという気持ちがあって、人が嫌がる仕事、大変な仕事、下のお世話や入浴や毎日の家事のお手伝いなどをしているの。大切な世の中の助っ人なのよ」と話した。

きぬの話ぶりは年寄りとは思えないほど力強かった。

茂はやや気後れしながらも切り出した。

「ところで土屋総一郎さんの経済状態はあまり芳しくないようですが、どうなんでしょうか」

「それはどういう意味ですか」

きぬはきつい口調で問い返した。

茂は口ごもった。そして次の言葉を失った。

結局、法子を訪問した目的を果たせずに茂は法子宅を辞した。

茂は北川法子に仲介を頼んで土屋家の土地の買収を成功させようとした自分の浅はかさを痛感した。

真正面から土屋総一郎に当たってみようと決心した。

それから2週間経った晴れた日に土屋家を訪れた。

秋も深まり、土屋家は紅葉に彩られている。庭の中央に置かれた藤の椅子に総一郎がゆったりと腰かけていた。

総一郎は茂の来訪をとても喜んだ。立派になった息子を愛おしむように優しく話しかけた。

しかし、総一郎が土屋家の当主として威厳を保とうとしていることは明らかだった。

――経済的にお困りでしたら、ぜひ市の計画にご賛同して頂いて、歴史の街づくりのためにこの土地と建物を市にお売り下さい――

この言葉を茂は胸の内で何回も繰り回していたが口に出す事は最後までできなかった。自分が中学から高校を卒業するまでずっと受けていた総一郎からの援助を思い出していた。茂は感慨無量のまま土屋家を後にした。

市役所に戻って買収の話を切り出せなかったことを報告した。その後市長等市の幹部が交渉に行ったがきっぱりと断られた。

そのことは市の計画の肝心な部分が欠落したことになった。

そこで市の再開発と歴史の街づくり計画は消滅していった。

3

1999年、茂は4月の移動で介護保険課に配属になった。

2000年に発足する介護保険は地方自治体にこれまでにないほどの膨大な事務量を課した。

これまでの福祉行政の基本は国の措置による、つまり「国が国民のお世話をする」というシステムであった。

が、新しく発足した介護保険法は自己負担を導入し、介護費用の一割と40歳からの保険税の徴収を義務化した。市民の現状を掌握する作業は税務課とタイアップして急速に進められていた。

茂が忙殺する介護保険課に移ってから担当した業務は介護を提供する業者の育成であった。

また、県の指定の推移と渡良瀬市で動く事が出来る業者の選択をする事であった。茂は畑違いの仕事に戸惑いながらも、福祉の行政に深く関わる事になっていった。

そうした忙しい日を送っていたある日、茂のアパートに北川法子が訪ねて来た。

茂は中学の同級生だった法子に淡い恋心を抱いていた。２人は家庭的に恵まれていなかったので、そこはかとなく心を引かれるところがあった。

法子は母親が駆け落ちをするという不幸に見舞われ、祖母と二人で家業である家政婦紹介所を切り盛りしていた。

一方、進学を希望していた茂は土屋家の援助を受けて県内でもトップの高校に進んで行ったので、交流は無くなっていた。この間、茂にも大きな変化があった。

土屋家からの援助が無くなり、大学進学を諦めて渡良瀬市に就職していた。高校で優秀であった茂は真面目で勤勉であったので、30歳の時に市の特別プロジェクトのメンバーに抜擢された。その時に法子を訪ねたのがしばらくぶりの再会だった。

法子は中学時代の面影を残していたが苦労のせいなのか生活苦の臭いがした。再会を喜ぶ余裕はなく、その時はそのまま別れてしまった。

そんな5年前の事を思い出しながら茂は法子の訪問を嬉しく思った。

「茂さん、4月から介護保険課に配属になったと聞きましたが」

「新しい部署なので、今は分からない事ばかりです」

茂は慎重に答えた。

「それは良く分かります。私がお願いしたいのは別の人助けの事なのです。茂さんがお世話になった土屋総一郎さんが亡くなって、相続されるのは一人娘の晶子さんなのです」

法子は大きな溜め息をつきながら暗い顔をした。

「今年の正月でしたね」

茂は土屋家の盛大な葬儀を思い出した。あの時の喪主の女性の、長身ですらりとした外見、海外で長く暮らしていた人らしい、渡良瀬の人間には無い独特の雰囲気を思い出した。

「その晶子さんが相続税の事で苦境に立たされています。あの広大な土地と由緒あるお屋敷が相続税のために物納されてしまうのです」

法子はほぼ5年にわたり土屋総一郎宅の生活全般の世話をしてきた経緯を説明して、この苦境を救ってご恩に報いたいと話した。

「僕も土屋さんには言葉で言い尽くせない程の恩義があります」

茂は土屋家がそんな困難な事態に陥っていることに気付かなかった自分を恥じ

た。

「私がお手伝い出来るのは、実は介護の仕事なのです。私の所には家政婦だった者が今、ヘルパーの資格を取って7人か8人おります。これから始まる介護事業であの素晴らしい広い庭を活用出来たら最高ですよね」

法子は既にある考えを持って自分を訪ねて来ていると感じた茂は、

「それで何か考えがあるのですか」と法子に尋ねた。

法子は笑顔になって、晶子と一緒に介護事業を立ち上げたいという自分の計画を話した。

茂は法子が帰った後、渡良瀬川の河川敷まで自転車で出かけた。

「ここが僕の心の原点だ」

「ここの景色が大好きだ」

茂は声に出して叫んだ。

梅雨が明けた河の畔には新しい草花が咲き、涼しい風が流れていた。茂は法子の訪問を受けてこれまで忘れていたある感情に包まれていた。

父から伝え聞いた谷中村の過酷な歴史と、土屋家の多大な援助の事は決して忘れてはいけない。土屋家の渡良瀬市への貢献と、同時に茂が受けた数々の支援を思い起こしていた。

茂は遊水池に向けて自転車を走らせた。

水面に夕日が映えている。葦の群生が遊水池の周りを彩っていた。

この静かな遊水池のさざ波の下に、自分の先祖の魂が眠っているのだ。

そして、この自分自身の中にも。茂は胸の奥が熱くなっていくのを感じた。

自分にもきっと何か出来る事があるはずだと茂は思った。

茂は、かつての上司であった中沢浩二に土屋家の苦境について相談した。中沢は歴史の街つくりのプロジェクトのときのリーダーであった。その当時に土屋家の買収が不可能だったので計画が頓挫したのだった。

現在は総務部長になっている中沢はやり手として、市長の信頼も厚い頼りがいのある上司であった。

茂は法子の考えを中沢に話した。

「土屋家のすべての場所は、いわば渡良瀬市の財産とも言えるから、物納によってばらばらになるのは何とか避けたいのです」

中沢は茂の話を穏やかな表情で聞きながら内心、これはもしかしたら土屋家を買収するチャンスではないかと思った。

しかし、今の市の財政で土地買収の補正予算を計上するのは、とても難しいことだ……。

と中沢は暗い気持ちになった。中沢はこの春の市長選挙で、市の財政再建と緊縮財政を訴えた現市長が当選した事を思い出していた。

4

茂が帰った後、中沢はしばらくぶりに土屋家について考えた。

明治維新後の明治9年に廃城令が出て翌年には渡良瀬城が取り壊されるという渡良瀬市の混乱の時期に、廃城の跡を分断することなく全区域を一括で買い取ったのは土屋家であった。

城の沿革を保ちながら現代まで保存している土屋家の慧眼と代々の当主の努力を改めて思い知らされた。

徳川幕府が関東の大半は小田原北条氏の支配下にあったことを重要して、初代藩主を信濃国松本から小笠原秀政を配した。

小笠原は、荒れ果てていた城郭を修復し、城下や領内の整備を進めた。

その後もこの地の軍事上、交通上の重要性から徳川幕府は、代々、大老や老中を勤める譜代大名を配置した。

特に土井利勝は幕府の大物で、家康の子とも言われているのだ。利勝は大老となり家康、秀忠、家光の将軍3代に仕えて、日光東照宮の造営、鎖国令の実施や参勤交代、武家諸法度の制定など徳川幕府の基礎を築いたと言われている。

城は本丸城を中心にした連郭式の城である。

この城は渡良瀬川の流れを築城にたくみに利用している。その規模は大きくて、領主が居る本丸、別館のある2の丸や3の丸までそれぞれ独立していながら横繋がりがあり、それを可能にするため川の流れの利用が欠かせなかった。

城の西を流れる渡良瀬川を自然の堀とし、城内に船着き場を設けるほか、北側には民間の河岸問屋が営まれ、河川交通の要地としていた。

また、洪水の被害を予防するために東も百間堀と呼ばれる低地を利用した塀を構えて、城全体が自然の地形をうまく利用して築城していた。

築城した土井利勝の歴史の価値を現代に伝えている土屋家の功績は大きいのだ。

土屋家は江戸時代から城内に出入りして河川交通の要として財を成していたのだ。

「この由緒ある建物はどうしても残したい」中沢はひとり言を言った。

中沢が土屋家の存続を願っているのには個人的な思いもあった。

明治22年に町村制が施行されて公選された初代の町長になった影山が中沢の母方の先祖と聞いていた。

東京で暮らしていた中沢は祖父から幼少の頃、故郷の渡良瀬の思い出を良く聞かされていたのだ。

その上に学生時代に付き合った女性が渡良瀬の人という偶然が重って、彼女との結婚を機に渡良瀬に移ってきたのだ。

あれから30年余、渡良瀬市の職員として努めて来た。そして今、市の総務部長の要職にあるのだ。

中沢は今すぐ市が動けないのなら一時期なんとか、そのままの状態を保持することが出来れば良いのだと思った。

中沢は城の跡に建ててある土屋家の周りを車で回って見た。

本丸跡に建っている屋敷は当主を失って生気もなく静まり返っていた。

渡良瀬川の水を取りいれている庭園の滝や池、立ち木も整備、手入れをされずに荒れていた。２の丸跡や３の丸跡の建物はより荒んでいるように見えた。

5

中沢はある計画を持って茂を部長室に呼んだ。

「君は土屋家の相続人の方に会った事があるのかね」

「はい。ついこの間、北川法子さんと一緒にお会いしました。実はこの話は僕の同級生であった北川さんが持って来たのです。彼女は土屋総一郎氏の介護をしていた人で、その後の片付けも請け負っているのです。相続人の土屋晶子さんは一人娘で、相続には約５０００万円の国税がかかるということです」

「その土屋家の一人娘は、介護の事業に興味などはあるのかね」

中沢は真剣に起業の事を聞いてきた。茂は法子の気持ちを思い出していた。

「はい。私が見たところ、土屋さんは介護の仕事に強い興味を持っておられるような気がしました。北川さんも、土屋さんと介護の仕事を是非やれれば良いといっていました。北川さんの所では元々家政婦紹介所を経営していましたが、そこの家政婦がヘルパーの資格を取っているので、すぐにでも応援出来るそうです」

「そうか。北川さんと言う人は、なかなか仕事が出来る人のようだね」

中沢は確信を深めて言った。

「それじゃ、早速手配してみよう」

中沢は庁舎内の一角にある出納室に向かった。出納室の窓口には銀行が出張していた。そこには丁度花桃銀行の支店長と支店長代理の大杉が居た。支店長と大杉と中沢は別室に移って何やらひそひそと話し合った。

そして今回の計画を進めている途中に、土屋晶子から花桃銀行に連絡があり、8月に花桃銀行の大杉は司法書士と土屋家を訪問し、花桃銀行からの融資の話と介護事業の起業を晶子と話し合った。

そして、2000年の4月に土屋晶子は銀の杜という通所介護事業所を立ち上げた。

もちろん、法子も銀の杜の事業の重要な役割を担っていた。

6

２００６年になって茂は障害福祉課に移動になった。

国は介護保険が全国的に徹底された5年を見直し時期としている事と合わせて、障害者や障害児に関する福祉行政の改革に移った。

これまで施設の中や家の奥深くに閉じ込められていた障害者を社会の中で、自立した生活ができるように、制度を根本から変えようと言うのだ。

「障害者福祉こそ、これからの福祉で最も大切な分野だ。介護保険課で頑張った君だからこそ適役だ」と人事部長に激励されて、新しい部署の課長補佐に抜擢された。

障害を持つ人たちを守る法律は自立支援法として制度が整備されて行った。

茂は障害者の姿が社会の隅に追いやられている現状を知ると問題が山積だ、と思った。

また、家族は可愛い子供の障害をなかなか認めたくないのだ。

だけどそれは両親にとってはあまり前の感情だと思った。健康とは、誰にでも平等に与えられる権利だと人は思う。なぜその権利がわが子にだけ与えられなかったのだろう、あまりにも理不尽だと思うだろう。

また、養護学校を卒業した後の障害児の将来は、施設入所があるかが、親達の最大の関心事であるという厳しい現実がある。

障害の種別で対策が色々である事、後天性の障害については、発見はより難しい事が分かった。また、現代を反映してうつ病などの精神障害が相当の数に上る事、交通事故などによる身体障害者の人たち、この人達が生涯、困難な暮らしを強いられているのだ。

茂は様々な障害を理解していく内に、障害を負った人達の助けになりたいという気持ちが強くなっていった。

「僕は今度の仕事に生き甲斐を見いだしました。地方自治体の職員で良かったと本当に思いました」茂は法子にそう話した。

茂はこれまで、自分が進学出来なかったことへの怒りのような気持ちを抱きながら日々の任務に当たっていたのだ。

しかし障害福祉課では、介護保険課では感じなかった大きなやりがいを感じていた。

茂は市内の幼稚園や保育園に在園している子供達のことを考えた。

就学前の各検診での早期の障害の発見の推進や障害手帳の取得を進めていく。

養護学校との連携、卒業後の働く場所の確保、現在入所者の社会復帰を促して行く自立への取り組みなど、幾つもの課題がある。

茂は一番の懸念は障害者本人の障害を自覚する事の辛さであると思った。

茂は「本人も家族も両方変わって行く事が大切です」と各方面で訴えていった。課長補佐の茂には実務の全責任が課せられていた。障害者の状況を把握するとともに、緊急を要するのが、その人たちを支援する業者をどのくらい作れるかである。国や県も社会復帰の体制を整えるためには、2年か3年の経過措置が必要だとしている。

茂は障害者の支援事業には、どうしても経験豊富な介護のエキスパートであるヘルパーの力を借りる必要があると思った。県は当初からそれらに必要な資格者の養成を計っていた。

国が実現しようとしている福祉の姿は高齢者も障害者も分け隔てなく、また、身体障害者も知的障害者も精神障害者もすべての人たちが、生きている間、人間らしく普通の暮らしができて、あらゆる差別がなく社会の中で生きて行ける事であるとしている。

しかし、渡良瀬市にはその理想とする姿にはほど遠い現実があった。茂は度々これらの現実に打ちのめされそうになった。

そんな時はいつも元気に奮闘している北川法子のことを考えた。

彼女は早くから介護の仕事に携わり、家庭的な不幸にも負けずに、必死に家業を引き継いて頑張っていた。

その上、茂が世話になった土屋総一郎の事をほぼボランティアでお世話をしていた。

　また土屋晶子が事業に失敗すると、そのすべてを継続して事業を展開しているのだ。

「学歴のない女が頑張る仕事はこれしかないと、亡くなった祖母がよく言っておりました」

　法子はいつもそう言って笑う。

　茂は法子のそのバイタリティの源は何なのかと、羨ましいと思うと同時に底知れない執念のようなものも感じていた。

　法子は障害者の支援のための県の指定を取得していて、自らも資格を取るとともに、従業員にも次々に資格を取らせていた。

「これも皆さんのおかげです」

　法子は市庁舎に来るといつも市の職員に満遍なく笑顔で挨拶してまわっていた。

第四章

大杉輝一の立場

1

大杉輝一は大学を卒業すると、すぐに地元の銀行に就職した。

父も母も地元渡良瀬で教員として勤め上げ、一人息子であった輝一が学校を卒業する年には、父親が60歳の定年を迎えていた。3年後に母親も定年になった。

輝一は遅く生まれた一人息子で小さい頃から、地元の固い安定した職業を選択するように教えられていた。花桃銀行は県内にある幾つかの銀行のなかで一番しっかりとした経営基盤をもっていた。

「良かった、良かった」

輝一の就職が決まった時、父親は殊の外喜んだ。

そして、任務を果たしたかのように、急に体調を崩してまもなく亡くなった。

輝一は3年ごとに転勤を繰り返して、福島県郡山支店に勤務して2年目の1999年3月に渡良瀬支店に転勤を命じられた。

それは急な命令だったが、大杉輝一は直ちに地元渡良瀬に戻った。

銀行の狙いは2000年に施行される介護保険事業に参画する業者に対する融資であり、それを大きな課題としていた。

しかし、目標額に届かない事態を、地元出身の大杉を活用して早期に打開しようということだった。

「君の活躍に期待するよ」

大杉は支店全体の期待を担う事となった。そして、大杉は介護保険を理解することが急務となった。

手がかりは母の教え子であった茂であった。

大杉は教員だった母親の所に昔、良く遊びに来ていた藤村茂が渡良瀬市の職員で、介護保険課に勤めている事を知った。

大杉は高校の5年先輩の茂が優秀なのに大学に進学が出来ないことを母から聞かされたことを思い出した。

大杉が渡良瀬市に転勤になってまもなく、支店長と渡良瀬市庁舎内にある出納室に出向き、市の収入役に挨拶した上で各部署廻りをした。

その際に中沢総務部長と、介護保険課の藤村茂に会った。

大杉が渡良瀬市役所の中沢総務部長から相談された案件はこうした銀行の課題の打開への大きな契機となった。

大杉と支店長が市から内々に打診された内容は、

――渡良瀬市は観光行政を重要政策と決めてから、渡良瀬市の貴重な歴史を再発掘して、歴史の街つくり構想を立ち上げた。が、城跡を所有する土屋家の土地の取得が最大の難問であった。渡良瀬市は何度も土屋家に土地の買収を持ちかけたが、未だに実現出来ないでいる。そういう現状のなかで土屋家の当主が死亡した為に、相続が発生して国税の納税が迫っているので、土屋家の一人娘が物納の危機をなんとか解決しようとしている。これは市にとっても銀行にとってもチャンスではないか——

「そんな事が本当に出来るのでしょうか」

大杉は銀行の本来の業務に照らせば、融資の条件に合わなければ実行は出来ないはずである、と、不安を支店長に向かって、口にした。支店長は、

「そこはどうとでもなります。当行が融資する額よりも土屋家の土地と建物はずっと価値がありますからね。いざとなれば差し押さえた後、競売に掛ければいい。もっとも土屋さんの事業が成功して、継続して銀行との付き合いがスムーズに続いていけば一番良い事だけどね」と言ってから、

「しかし土屋晶子さんは生まれつきのお嬢様で、全くの素人の経営者ですからね。うまく行くとは思えません」

と、冷酷に断言した。

これまで数々の企業に融資を実行してきた支店長にはすでに土屋晶子の未来が透けて見えているようであった。

「市が土屋家を買収する資金を用意出来るまで、北川法子さんには土屋さんを頑張って支えてもらわないと」

と、大杉に指示した。

2

大杉と司法書士が土屋家を揃って訪問したのは、8月の終わりのまだ暑さが厳しい日であった。

大杉と司法書士は揃って土屋家の門をくぐった。

土屋家は、法務局で調べた土屋家の平面的な図面では感じる事の出来ない圧倒的な威容で迫って来た。

正面に構える表門は30メートルもあり、門を入ると綺麗な敷石が母屋までなだらかな傾斜に敷きつめられている。

大杉は土屋家の大きさに驚いて、益々、融資の件に強い興味を持ち、その成功を心から願うようになった。

そして大杉は土屋晶子の日本人離れした透明な茶色の瞳や形良くカールした長い髪、この世代の女性としては長身の姿に少し驚いた。

土屋晶子は年齢の割には魅力的な人物に見えた。

古風なお屋敷の中でまるで外国人のような雰囲気を醸す晶子は日本の色々な事情にかなり疎いようだった。

「私には事業経営も自信がありませんし、まして、介護事業には全く門外漢です」

晶子の不安はもっともな事である。大杉は困惑する晶子の気持ちを重んじる振りをして誠実に話を進めた。

法子の協力の甲斐があり、晶子は事業を立ち上げる気になり融資の一億円が実行された。

大杉はそれから度々土屋晶子を尋ねて、諸々の手続きを終えた。その時はいつも北川法子が同席していた。晶子は法子に全幅の信頼を置いているようだった。

晶子が法子を信用し、開設した通所介護銀の杜を二人三脚で運営し始めた事に大杉は安堵した。

3

大杉の母親は息子が郡山支店から帰った時から時々深く考え込む事が多くなったと心配していた。銀行の仕事が、息子の明るい性格には負担になっているのではないかと思っていたのだ。

しかし息子は、しばらくすると元気を取り戻して行った。

母親は落ち着きを取り戻した息子に早く結婚をするように勧めた。大杉の母親は四十歳で大杉を産んでおり、自分が生きている内に早く孫の顔をみたいという気持ちもあった。

大杉は渡良瀬支店での融資の実績も上がり、母親の年齢の事も考えて、支店長の進める見合いをして、その女性と結婚する事にした。

21世紀には珍しいと周囲に冷やかし半分で陰口を言われたが、大杉はこうした結婚の仕方を気に入っていた。

大杉は母親も見合いで選んだ相手を気に入っている事に安堵して、1ヶ月もしないうちに結婚式を挙げた。

新婚旅行は沖縄で新居は母親と同居となった。

大杉は自宅に居る事が少なかった。母親は息子の日々の生活が歓喜もなく愛情も薄いように感じて、また不安が募った。孫の顔をなかなか拝めない事も不安に拍車をかけた。

「輝一、お前は何か悩みでもあるの」

「お母さん、何も心配はありません。僕は今仕事に励んでいますから」

母親と新妻とは折り合いが良く、大杉の家庭はとりあえず穏やかな日常であった。

大杉は銀行の業務に精を出していった。

大杉は毎月の返済記録を照会しながら土屋晶子の項に注目していた。

しっかり者の法子が晶子を支えているおかげで事業は順調に推移しているようだった。その事自体は喜ばしかったが、一方で最初に計画していた通りには進んでいくか、気がかりでもあった。

大杉が結婚して1年も経たない2002年の冬、母親は庭に薄く積もった雪に足を滑らせて転倒し、大腿部骨折をして入院した。

3ヶ月の入院の後、退院した母親は足の筋肉が落ちたためか歩行が今までより困難になり外出もままならないようになった。

すると此れまでの穏やかな性格が変わって、乱暴な言い方をするようになり、皮肉や理解不能なひがみを言うようになった。

母親のこうした行為は自宅介護をしている新妻を困惑させることになった。

大杉は介護を家族ですることの難しさを痛感した。母親は一人息子に執着して、銀行から帰宅すると、たえず、「輝一、輝一」と自室に呼びつけて、息子をあたかも独占するような行動が続いていた。

大杉は母のこの行動が一時的でなく、治癒することなくいつまでも続く事に、日々悩んだ。

大杉は介護がどこの家庭にも突然にやって来る事は、分かっていたはずであったが、現実に自分の前に家庭介護を迫られたことで、それがどれだけ大変なことかを思い知った。

「お母さんは、私が嫌いなのです。何をしても気に入らないのです」

妻は思いあまって、涙ぐみながら言う。

「そんな事はない。母は本当は感謝しているはずだ。母は優しい人なのだから」

大杉は妻を諭すように、自らにも言い聞かせるように言った。

しかし、母親の病状は良くならなかった。大杉は何度か入院させたが、母の病状ではすぐに退院せざるをえなかった。５日か６日入院して病院から戻って来ると、母の行動は前よりひどくなり、

「お前は、私を殺す気だ」と大声で叫んだりするようになった。

「お母さん、何を言っているのですか」

大杉は母のあまりの変わりように途方にくれた。

堅実な教職という仕事を定年まで勤め上げて、穏やかで幸せな老後を保証されていたはずなのに、今の母はこれまでの慎ましさも謙虚さも全く無くなって、大声で怒鳴り散らし、辺り構わず人の悪口を言っているのだ。

大杉は母のために、有料老人ホームを探して、幾つかのホームを尋ねたが、母は頑なに入所を拒んだ。

財政的には十分な資金を持ち、相当に高価で快適なホームにも入所できるのに、母は、夫とともに築いた古い家にこだわっていた。

骨折は既に治癒しており母の疾病には確たるものは無く、ただ気分が優れず、排他的で、攻撃的になっていくのだ。

大杉の妻は次第に凶暴になっていく母の面倒を辛抱強く続けていた。

根気よく家庭を守っている妻の姿を見るにつけ、大杉は心細くなり、行き場のない絶望感に包まれていく。

こうした息も詰まるような日々が過ぎていった。そんなある日、

「私はもう限界です、どんなに努力してもお母さんの介護は無理なのです」

妻は悲鳴に似た訴えをした。大杉は見合いで結婚した妻がひどく気の毒に思えた。結婚して間もなく義理の母の介護に明け暮れている妻の気持ちを考えると心が折れそうになった。が、何の解決策も無かった。

大杉は家庭の介護の悩みを抱えながら、一方で介護事業者に金融対策の相談を受け、大小さまざまな融資を実施していった。

自分の仕事の中では介護の重要性を説き、将来の展望を話した。大杉は自分の中で広がっていく矛盾が重くなっていくのを感じていた。

4

大杉が渡良瀬支店に転勤して最初の融資を実行した土屋家の事業が思わしくない状況になってきたことは、返済実績から分かっていた。

現在、花桃銀行では新規の顧客のなかで介護事業が多くなっていた。建設会社、スーパー、人材派遣業、飲食店、等など他事業からの参入があった。

さらに、大きく融資が動いたのは、医療法人が介護事業に参画したことだ。

また、訪問介護事業は小額資金で開業出来るので、介護事業に勤務していた女性が独立する例などがある。

そんな2005年のある日、渡良瀬市の出納室で中沢部長から重要な依頼を受けた。

「いよいよ、計画を実行する時期になりました。花桃銀行さんには役割を果たして頂きます」

中沢部長は前置きもなく切り出した。

大杉は渡良瀬市にやって来た、1999年の夏に耳打ちされた、渡良瀬市の秘策のことを思い出した。6年もの年月をかけてその計画が熟成するまでじっくり待って行く、行政のしぶとさを感じた。

銀行マンとしては、融資先の事業の成功を願うのが本来であるが、最初から息詰まる事を視野に入れて土地や建物を担保に取り、融資計画を立てるような事をして、本当にいいのだろうかと疑いを持っていた。しかし、この時、虎視眈々とその時を待っている策士の側にいる自分を認めざるを得なかった。

どんな事が起ころうとも、企業のなかに居ると独自の行動などは考えられない。

「分かりました。早速支店長と相談して取り組みます」

大杉は改めて土屋晶子への融資の返済実績を照会してみた。

最初のうちの順調な返済は、融資の枠にあった運転資金の中からの返済であり、三期目の決算からは自力で返済が行われていた。しばらくはなんとか返済がされていた。

しかし追加融資をうけた時点から、返済が滞ってきた。

顧客データを見ると外部の要因が事業停滞の主なる原因である事が分かる。しかし事業を成功させるには経営者の頑張りが必須だったのだが、晶子にはその粘りと根気がない事は明白であった。

此れまでの経緯をみると、事業から撤退しなければならなくなりつつあると言わざるをえない。だが、事業が頓挫しそうになる折々に、なんとか持ちこたえてきた実績を考えると、大杉は事業を支えてきた陰の大きな力を感じた。それは間違いなく、北川法子の力だったのだろう。

大杉は最終的には支店長と一緒に晶子のところへ押し掛かけることになった。

「このままでは不本意ながら、競売に掛けるようになります。私どもはそんな事にならないように、手を打ちたいと考えました。今回の渡良瀬市の申し出はすばらしい事です」

支店長は重々しく言った。

晶子は、

「支店長さんのおっしゃることはもっともなことです。わたしの先祖が永々と引き継いで来たこの土地は、実はもっと昔むかしから、渡良瀬の沢山の皆さんのご先祖さまの宝でもありますものね」

大杉は晶子のきっぱりとした決断と静かな物言いを驚きを持って聞いていた。挫折とか悔しさという感情とは無縁のような晶子の人柄に、秘かに動揺を覚えていた。

第五章

法子の独立

1

法子が茂から連絡を受けたのは晶子の事業がいよいよ行きづまり始めた２００５年末であった。

茂は市が土屋家を買収するつもりらしいと言った。

１９９９年に当選して市の緊縮財政を訴えていた市長は再選を果たしていたが、周囲の説得により最近になってやっと観光行政としての「歴史の町づくり」構想に前向きになり、土屋家の買収を考え始めたという。法子は驚いて、

「以前、市が土屋家を買収しようとしていた事は知っていますけれど、その計画はもう無くなったはずです」

「僕もそう思っていました。でもよく分からないんですが、市は水面下で計画を進めていたらしいのです」

茂は法子に銀の杜の現在の経営状態について聞いてきた。

「銀の杜の経営は厳しい状況です。でも晶子さんと協力して必ずこの危機を乗り越えてみせます」

「法子さんの熱情には感服します。しかし、市は買収を早急に進める予定です」

法子は唖然とした。茂の話はとても信じられなかった。

だけど結局、茂の言った通りになってしまい、法子は晶子の事業を受け継ぐ事になった。

法子は自分が社長となり事業を運営する事に、一抹の不安も感じていた。

法子は銀の杜で実力を発揮してきたが、それは土屋家という名前、その大きな傘の下だったからこそ出来たところも大きいような気がした。しかし法子は晶子の元で培ってきた自分の力を信じたいと思った。

法子は晶子の事業が廃業になる前に、会社や介護事業の体制を整えなければならないと思った。資金を節約して使いたい法子は、資本金10万円で株式会社を設立することにした。

自分で書類を作成して、必要経費である印紙や公証役場の公証人への手数料だけで安く上げた。県の指定に関わる人員の確保は、晶子の銀の杜からほぼ引き継ぐ事が出来た。

「私と一緒に頑張りましょう」と、ヘルパー長の川田、事務長の水越、ケアマネージャーの山本、など主要メンバーはもちろんのこと訪問介護員のほとんどを、法子は熱く説得した。その甲斐あって皆が付いてきてくれる事になった。

ところが、法子の家はデイサービスをやれる面積がなかった。

改築するのには資金が必要だった。そもそも祖母が亡くなってから法子の家は母の逃亡で未だに相続が出来ず、自由で大幅な改築は不可能なのだ。

そこで、法子はまず訪問介護事業と介護移送を始めた。

法子は初期費用を極力押さえて、運転資金を潤沢に残して行く事にした。晶子の失敗を繰り返さない、と思った。

法子は茂に会って相談をした。

「これまで介護の仕事に携わってきましたが、私のような学歴も無く、資本も無く、人脈も無い人間が社長になるというのは大変な事です。ぜひ力を貸して下さい」

法子は懇願した。そんな法子に茂は、

「これからは老人福祉だけはなく障害者福祉にも事業を広げるのが良いと思う」

と言った。

茂はお年寄りの介護と障害者の支援が将来は統一したシステムになるだろうという事、特に障害者を守る自立支援法による支援の重要性を熱く話した。

と同時に、なるべく早くその事業に入れば良いと言った。

そして障害者への居宅介護支援は老人の訪問介護と兼業する事が可能であることを話した。

法子は障害者の支援を開始することを心に決めた。

法子は１９９９年から市や県が開く研修や講習会等、あらゆる会合に自主的に参加していろいろな資格を取得していた。

そしてこれは全くの偶然だったが、その中には自立支援の事業に必要なサービス管理責任者の資格もあり、法子は、幾つかの事業を立ち上げる事が可能だった。

2

障害者の自立支援を始めるにあたり、まず移行支援、就労継続支援B型、を多機能事業として指定申請をした。

移行支援とは支援学校を卒業した障害児が就労するために技術や技能などを習得するための支援事業である。

就労継続支援B型とは、障害者の能力に応じて就労する、雇用契約の無い就労支援事業の事である。

法子は、

「この事業は始めるのに大きな資本は必要ないのよ」

と、積極的に新事業を押し進めた。

就労することで、障害者が自立して、日常生活が出来るようになるのだ。

現代社会に適応出来ずに、自宅に引きこもる人が鬱病に苦しんでいる。

また知的障害を持つ人や身体に障害を持つ人は一般企業に就職が困難である。そういう人達に、安定した就労の場を確保して行く事が肝要であると法子は思っていた。

法子は日頃から高齢化が進んで行き詰まっている農業に、障害者が参加して相互に協力していくことができればいいのではないかと考えていた。

「そうだ。農業と福祉の連携を基本に就労の場所を造ろう」

法子はまず農地を賃借するために、市の農業委員会に出向いた。

この事業には農地を借りることがどうしても必要だったからだ。

農業委員会の職員は親切に耕作放棄地を紹介してくれた。法子は次々に農家を訪問して賃貸契約を結んだ。

しかし、問題は農地法で、耕作者の資格が法子には無かった。その条件とは農機具を有し5年以上の耕作の経験があることだった。

法子は茂に農地法に基づいた耕作者を見つけて欲しいとお願いした。

茂は一人で農業をやっている古川雄一を紹介して来た。

古川は見るからに温和で真面目な人柄であった。法子はこれまでの介護の経験や、障害者が農業に参加する事の意義を懸命に話して、農業法人の設立のために力を貸してくれるように頼んだ。

古川は快諾した。

こうして法子は自立支援法の就労継続支援事業と農業法人「やまの神」を同時に開設した。

「有難いことです。農地も貸してくれるのね」

法子は古川と固い握手を交わした。

古川の農地は区画整理の済んだ広い土地で、耕作放棄地とは違ってすぐに耕作可能な優良農地であった。

古川は大きいトラクターを安価で譲ってくれた。古川の農地には作業場も併設されていて、農機具などの収納が可能であった。

農業法人には農業に関心があるという23歳の若者、浅井実が入社して来た。

彼は障害者のなかで農事を勉強しながら、生き生きと働き出した。

「僕はこんなに人のために役に立った経験はありませんでした。嬉しい事です」

彼は目を輝かせて言った。

法子は健常者も障害者も同じ農作業のうちに段々と打ち解けて行く様子に胸をときめかせた。

「年中、収穫出来る野菜はネギですよ」と、皆は話し合い、まず八反歩をネギ畑にした。

ネギの苗が綺麗に整地され耕された畑に植えられて行った。

農業での作業は様々な仕事があるので、障害の度合いによって評価が異なるという差別がなくなり、のびのびと作業が出来ていた。

法子の事業所には、農業をしようという障害者が集まり始めた。

「農業は心をすっきりさせるようです。無口な人がいつの間にか、仲間と話し合っている、土と空が体に良いのだと思います」

障害者を支援しているヘルパーは口々に言った。

畑に何人もの人達が集団で耕作している光景は、近隣の農家の人を驚かせた。にぎやかに畑仕事をしているのは、お互いに助け合う健常者と障害者だからなのだ。法子はそういう現実に人間の本質を見る思いであった。

就労支援の場に集まる障害者のなかには、農業に向かない人もいた。そこで法子は新しい作業を取り入れる事にした。

家政婦紹介所であった法子の家は家政婦が宿泊するための部屋が5部屋あった。それぞれの部屋は狭く、デイサービスをやるだけの面積は無かった。その部屋はそれぞれの障害者の適性にあった作業に別れて使用するのに適当であった。

きぬの知り合いだった内職斡旋業者から箱造りやボールペンの芯入れなどの作業を依頼されて、利用者達は少しずつ作業に慣れて行った。

法子は利用者が増えていく度に、この事業が祖母の願いを叶える事に成って行く気がした。祖母は、

「困ったときはお互い様。困った時に、困った人を助ける繋がりとして商いがある」

といつも言っていた。

ある日、会社の昼休みに話があると茂から電話がかかってきた。

法子と茂は駅のすぐ近くにある老舗の鰻屋「松の木」で一緒に昼食を取る事になっ

た。

「松の木」は日光街道沿いに江戸中期に茶屋として開業し、明治43年に料理店に転業し現在で7代目になるという地元では有名な店だった。味も美味しいが値段も高かったので法子はずいぶん前に一度だけ祖母に連れてきてもらった事があるだけだった。

店自体は一階にいくつかのテーブル席と二階に貸切用の広間があるだけのこじんまりとした造りだが、以前はもっと大きな建物だった。

しかし維持が難しくなり数年前に改修工事をして今の状態になった。建物自体は150年以上前のもので歴史的価値があるものだった。

茂は「松の木」に末永く存続して欲しいと願い、時々食べにくるらしい。

「特上にしましょう。僕のおごりですから気にしないで食べてください」

茂はメニューを眺めながらそう勧めてきたが法子は遠慮した。結局、上うな重を二つ頼んだ。

「鰻が出来るまで30分ほどかかります」お茶を一口飲むと茂は話を切り出した。

「法子さんの会社では今、B型の仕事で内職などをやっているらしいですね」

「体力が無くて農業に向いていない人もいますから。でもその分手先が器用な人もいて、そういう人にやってもらっています」

「そうですか。実はこれは一つの提案なのですが」

茂は渡良瀬市内にある老舗の革のバッグや小物を製造販売している店の商品を昔から愛用しているらしい。

その店の革は化学薬品をいっさい使用せず天然の植物のタンニンでなめした革だという。先日もその店に革の財布を買いに行ったところ店の隣にある工房から大量のゴミが出ていた。

何のゴミか聞いたところ商品を製造する際に出た革の端切れだという。捨てるなら譲ってくれないかと聞いたところ、何に使うのか聞かれたので、障害者が仕事で手工芸するために使いたいと言うと快く了承してくれたという。

「端切れだから大きな物は作れないけど、例えばキーホルダーとか小銭入れとかそういう物だったら作れるのじゃないかな。革小物は若い人にも人気があるから作ったら売れると思う」

「でも革の工芸なんてとても難しそうだけど、出来るかしら」

「職人さんに指導してもらえば大丈夫だと思うよ。材料費はタダなのだからとりあえずやってみたらいいんじゃないかな。それに自分の手で何かを作り上げる作業は内職とは違ったやりがいを感じる事が出来ると思うよ」

確かにその通りだと思った法子は早速、その店から革の端切れを大量に貰い受けてきた。自宅の部屋を使って革工房を作った。工房では職人の指導の下で革小物の製造の作業が始まった。

皆、とても真面目に熱心に作業してくれたおかげで、腕がめきめきと上がっていった。そして店に出してもおかしくないほどの素敵な革のキーホルダーや小銭入れが出来上がっていった。

法子はこれらの製品をどこで売ろうか考えた。

20代の若いヘルパーの勧めでインターネットの大手のオークションサイトで売る事に決めた。

法子は職員と協力して商品の写真を撮り、作品は天然の植物タンニンでなめしている本革で出来ているがプロの職人ではなく障害者が作ったため完璧ではないという事をきちんと明記し、それを了承してくれる方だけ入札してもらえるよう説明文を書いた。

値段はキーホルダーも小銭入れも一つ1000円にした。

手始めにキーホルダー5個、小銭入れ5個を出品した。

それから一週間後、法子は出品した革製品があっという間にすべて売れきれたと従業員から報告を受けてとても驚いた。革製品にはとても需要がある事を知った。革工房の人たちはことのほか喜んだ。より一層知恵を出し合って、新しい商品を作り出していこうと盛り上がった。

初めはキーホルダーや小銭入れのような簡単な物を作っていたが、色違いの端切れをパッチワークのように縫い合わせたショルダーバッグや手提げバッグも作っていった。

商品は次々に売れていった。

法子は障害者の人達が作業をしながらとてもイキイキとした表情になっている事に気付いた。

太陽の下で汗をかいて、体を動かして農作業をする事、室内で手作業で物作りをする事、そのどちらの行為も人の心を明るく前向きなものにするのだと法子は思った。

3

「あら、今日も江本さん、お休みなのかしら」

「江本さんはパチンコが好きだから、きっとパチンコへ行っちゃったのよ」

朝の打ち合わせのときに、ヘルパー達が江本徹の事を話している。

法子は障害者が生活保護を受給することで働く意欲を無くし、度々就労を休む事に気がついていた。

就労して得た工賃が月々の保護費から差し引かれるという現在の制度があるからだ。

法子はこうした制度が障害者の就労意欲を阻害しているのを解決しなければなら

ない、と思った。

法子は就労継続支援A型の事業を始める事を決めた。

就労支援のなかで、雇用契約の無いB型とは違い、最低賃金を保証した上で雇用契約を結ぶA型を開設すれば、障害者の収入が10万以上になり、基本的に生活保護から離脱して、本当に自立する事になるはずだ。

法子はヘルパー長の川田に新しい事業の責任を担ってもらうことにした。

A型の指定を受けるには就労する障害者に支払う賃金の保証のための仕事の確保が必要であった。そのために法子と川田は奔走した。

まず、今、B型として稼働している革製品の製造販売をA型として改めて再始動させる。そして農業法人「やまの神」と連携してやれる仕事をどのようにして行くか、また、従業員の資格を活かして出来る仕事はあるのか、各方面に情報を得るために駆け回った。

そんな時、あるハンバーグ店が閉店するという話があったので、とりあえずその場所を見に行った。

その店は素敵な内装でテーブルや椅子もかなり凝っていて、法子はすぐに気に入った。

法子はここに従業員達のための食堂を作り、そこを障害者の新しい就労の場所にすることを決めた。調理師がちゃんと指導すれば障害者の人達も料理を作る事が出来るようになるだろう。

料理が苦手な人は食器を洗ったり片付けをしたり、食事を運ぶ仕事をすればいい。

法子はこうした偶然とも言える僥倖に、単に偶然とは言えないようなありがたさを感じていた。

それは懸命に奮闘している川田や従業員、障害者へのご褒美のように思えた。そして、法子の事業への努力に報いるものだとも。

法子は更に意欲を高める事になった。

法子は社員食堂に欠かせない調理師の募集をハローワークに依頼した。

「こんにちは、法子ちゃんですよね。私はやまきやの山木ですよ。覚えていないかしら」

ハローワークの紹介状を持って面接に来たのは、法子が中学の時に、忙しい祖母に代わって毎日の夕食を食べさせてくれていた「山木のおばさん」だった。

懐かしさがこみ上げて来た。

法子が母の駆け落ちで、怒りと絶望とで混乱していた時期に、支えてくれた恩人であった。

山木の夫は大きなとんかつ屋「やまきや」を経営していた。山木の小母さんはその後夫を癌で亡くし、やむなく店をたたんで娘の家に同居したという噂を聞いていたが、今まで音信不通であった。

山木の小母さんに調理を担当してもらえれば安心である。川田も山木とすぐに意気投合し、二人はまるで親子のように働き始めた。

川田にとっても、この人材が加わったことは、本当にラッキーであった。また、山木にとっても、しばらくぶりの職場に、川田のような介護の経験が豊富な同僚が居る事は、有難いことだった。

社員食堂の準備が瞬く間に進むと、ハローワークから次々に応募があり、そこで就労する障害者がにぎやかに集まって来た。

上野由希も、その中の一人だった。

4

上野由希は二十代前半でうつ病を患っていた。

短大を卒業後、都内にある大企業に勤務していたが直属の男性上司から執拗なパワハラとセクハラを受け、退職して故郷の渡良瀬市に戻って来た。上野は母子家庭で一人娘だった。

上野は実家で引きこもり生活を続け地元の友人達とも会おうとしなかった。

そんな娘を心配した母親が無理に外出させると町中でパニックを起こした。上野は電車にも乗れないようになっていた。母親が心療内科を受診させたところ、うつ病の認定を受けた。上野は抗鬱剤を飲みながら毎日をなんとか過ごしていた。そして医師の勧めで自宅で植物を育てたりしている内にだんだんと落ち着きを取り戻していった。

そんな時、母親が法子の会社の社員食堂の募集を知り、娘に応募を勧めたのだった。

上野は料理がまったく出来なかったので調理ではなく、食堂のウエイトレスのような仕事を初めはしていたが人と話すと緊張して体調が悪くなるため、食器洗いを担当することになった。

誰とも口を利かず一心不乱に食器を洗っている上野の様子を見た法子はこれでは引きこもっていた時とたいして変わらないのではないか、これで上野のうつ病は良くなるのかと心配になった。

上野は法子の事をとても慕っていて、法子を見かけると「法子さん、法子さん」と話しかけてきた。そして仕事の休み時間、休日などに度々電話をかけてきた。何か特別に話す事があるわけでもなく、ただ法子の声を聴くと安心するらしかった。忙しい中、法子は上野の電話に辛抱強く付き合っていた。しかし全く病状が改善していないような上野の様子が気がかりだった。

ある日、法子は上野の仕事の様子を見に来た上野の母親と話す機会を持った。すると母親は、

「ここで働くようになって娘はとても明るくなりました。とても感謝しています」と法子にお礼を言った。

「娘は仕事場までいつも自転車で行っているのですが、それがとても良いらしいのです。この前、私に言っていました。お母さん、春になると春の匂いがする、夏になると夏の匂いがする、季節には匂いがある、当たり前のように知っていたそんな事を、私は忘れていた、でも思い出す事が出来たって」

法子は上野がただ外に出掛けるだけで病状が良くなっていた事を知り少し安心した。

上野には東京の会社に勤めていた頃から付き合っている恋人がいるらしく、その彼とは今でも遠距離恋愛を続けているらしい。離れた場所にいるとはいえ恋人の存在は上野の精神状態を支えてくれているのだろうと法子は安堵した。

きっとどんどん良くなるだろうと法子は楽観視した。

しかし、なぜか上野から電話は減るどころかどんどん増えていった。忙しい法子は上野との電話を短く終わらせる事が増え、時には電話に出られない事もあった。

そんなある夜、法子の携帯電話が鳴った。

深夜の12時を過ぎていたので訝しく思った法子が液晶画面を見ると、上野の名前が表示されていた。

法子が電話に出ると、上野のか細い声が聴こえてきた。

「法子さん、私、今、橋にいます」

「橋？　どこの橋？　どうしてこんな時間にそんな所にいるの。危ないからすぐに帰りなさい」

「清川橋です。私、今から死にます」

「上野さん、何を言っているの」

「法子さん、今までありがとう」

電話は上野の方から唐突に切れた。法子は慌てて寝間着姿のまま自宅から出て車を走らせた。

清川橋の前に車を停めて降りると、橋の上に人影が見えた。上野だった。

法子は全速力で駆け出し、上野の体を押さえつけた。

「お願いです、死なせてください」

上野は顔を涙でぐちゃぐちゃにして叫んだ。

「どうしてそんな事を言うの、死ぬなんて駄目よ、さあ、一緒に帰りましょう」

「私が死んだって、どうせ誰も悲しみません」

「そんな訳ないでしょう、上野さんのお母さんや恋人は絶対に悲しむわ、悲しませるような事をしてはいけないわ」

法子は出来るだけ冷静に話をしようとしていた。上野の激情に巻き込まれて引きずられてはいけないと思った。上野はぼんやりと法子の顔を見て言った。

「大丈夫だって言うんです」

「え？」法子は意味が分からず問い直した。

「お母さんも彼も大丈夫だって、絶対に治るって、そう言うんです。でもどうしてそんな事が分かるんですか、医者でもないのに。無責任に何の根拠も無く大丈夫だなんてどうして言えるんですか。いつだって口先だけで私の事を本気で考えてなんかくれないんです」

上野はそう叫ぶとその場に座り込んで号泣した。法子は上野の心の内が分からなかった。ただ上野が混乱し動揺し自分の回りのすべてに絶望している事は理解出来た。

「上野さんのお母さんと彼は、本当に上野さんの事を心配していると思いますよ。世の中には平気で人を傷つける人がいるかもしれません。そういう人達に上野さんは傷つけられてきたのかもしれません。でも、お母さんと彼は違います。大丈夫だって言ってくれる人が側にいてくれる事はとても幸せな事です。その幸せに気付いて下さい」

上野はずっと顔を伏せたまま黙っていた。だけど思っていた事を吐き出してすっきりしたのかゆっくりと立ち上がった。

「ごめんなさい……法子さん」

「いいのよ。さあ、一緒に家に帰りましょう、送っていきますよ」

法子は上野の肩を支え車まで歩いて行った。

5

介護移送で支援学校に送迎していた三田翔太が高校を卒業すると、法子の移行支援事業所に入所してきた。

若い三田は回りの人々をとても明るくした。これまで夏休みや土・日には遊びとして法子の事務所に出入りしていたので皆のアイドル的に可愛がられていた。

三田は言葉がうまくしゃべれなかったが、体も大きく丈夫であったので、農作業も良くやれていた。三田の敏捷な働きは農業班の他の障害者にも希望を与えていた。

しかし、頑張っている三田の家で家計を支えていた父親が脳溢血で倒れてしまった。

三田の母親は8年前に亡くなっていたので三田は身の回りの生活に困っていた。

法子は老人のための訪問介護と同様に障害者のための訪問介護の事業も開始していたので早速三田の家事介護をプランに入れて支援した。

「ありがとう、ありがとう」と三田の父親は周囲の人に感謝の言葉を繰り返していた。その後、半年の入院をした後に三田の父親は必死にリハビリをした。

法子は長い時間を歩くことで、自分自身を鼓舞して機能訓練を続けている三田の父親の姿を何度も見かけた。

そんな父親の事を三田はいつも心配していた。三田はある日、法子にたどたどしく話した。もう少し自分の収入が多ければ父親をもっと安心させてあげられるのに、自分にはそれが出来ないから悔しい、と。

法子は障害者が本当に自立するには、経済的にも自立することが本当に大事であると改めて感じた。

法子はA型に就職してくる人たちの就労の場所の更なる確保に奔走した。もちろん農業を中心にしていた。今まで作っていなかった野菜なども作り始め、農地も広げて行った。

農産物を地元の市場に出荷することをしながら、道の駅に売り場を設けて小売することにも力を入れた。そんな中、

「うちのコンビニにも野菜を置いてくれないかな」と市内に6店舗を展開しているオーナーから嬉しい申し出があった。

法子はコンビニ班を選定してその申し出を具体化した。コンビニ班は新たに他の大手のコンビニからも依頼を受け、更に10店舗を増やして小売り業に拍車をかけた。

そうしてA型が軌道に乗っていくにつれて地元のハローワーク以外からも就職してくる人も出てきた。

また、三田の父親の症状が固定されて、障害手帳が発行されたので息子と同じA

型に就職してきた。

法子は晶子から引き継いだ介護の事業を自分の熱意で広げてきたことに、ようやく自信を持つようになった。

老人のための訪問介護も一時期よりも安定して仕事があるようになった。介護保険が市民のなかに定着して来て、利用者が増えてきたからだ。

当初、雇用関係があり最低賃金を保証する障害者のA型事業は収支が難しいという不安があったが、事業が安定する事によって、なんとか続ける事が出来た。

法子は障害者の自立のためにはこのような事業がますます必要であると痛感していた。

そうすれば、生活保護からも解放される。親からの自立も可能になる。仲間と楽しく働く事によって、元気になっていくのだ。

パチンコにあけくれていた江本は農業班で働く中でついに生活保護から脱却した。

うつ病だった上野は恋人と結婚して、病状も回復して東京の一般企業に就職して行った。

法子はこうした事例を見ながら、日々、人間の可能性を見出していく思いであった。

しかし、

「社長、仕事の出来る人と出来ない人と時給が同じという事で不満が出て来ています」

農業班の職業支援員の浅井が心配顔で言って来た。

いつの間にか、人が増えていくことによる様々な問題が出て来ていたのだ。

そこで法子は従業員同士の意見や利用者の考えを集約して行く事にした。

「私のことをもっと知ってほしい」という願いや「俺はもっと能力があるので時給を上げて欲しい」という願いや「もっと違う職場を作って欲しい」など今まで表にでない問題を解決出来るようにしたいと、法子は思った。

まず一人ひとりと面接してそれぞれの事情を理解する事にした。すると、

「今回から薬が変わったので、午前中は頭がはっきりしない」

「あの人が感覚的に苦手で」

「支援員が私にだけ、上から目線で命令調なのです」

「手が荒れているので、何か違う事で働かしてほしい」

「更年期なので、汗が止まりません」

などなど、個人的と思われることや、共通の問題などが出されて来た。法子は会社の組織をさらに強くしていかなければならないことを思い知らされた。

法子は無我夢中で走って来た歳月を思い返した。

自分では自分なりの理想やそれなりの理屈をつけてこれまで頑張って来た。しか

し果たしてどれほどの計画性をもって進んで来たのか、と自分に問い質した。

その事はこれまでの経過を良く考えれば明らかである。どの場合でも、誰かの力を背景に事態が動いた。

そして、幾つもの偶然と沢山の人達の善意と努力に支えられて来たのだ。

法子は自分の置かれている立場と責任に就いて考えると、身震いする程に緊張してしまうのだ。なぜなら従業員100人余りと障害者の人達、200人の暮らしと命を預かっているのである。この重く重大な責任を法子はいつのまにか一身に背負っていたのだ。

「法子さん、弱気にならないで下さい。私たちはこれまで以上に働きますから」

法子が不安な気持ちになると多くの従業員は法子を励ましてくれた。

法子はその度にやる気を自らに課して来た。会社を経営していく上で持つべき強さとは何か、法子ははっきりした答えを得ないままに今にいたる。そんな不確かな気持ちのなかでも、日々の業務は進んで行くのだ。

法子はこれまでの業務の分担と責任者を明確にして、それぞれの役割をはっきりさせていくことにした。

指定事業ごとの責任のあり方と会計の統一した処理のしかたなど、改めて明確に位置づけた。そして各責任者の会議や各分野の打ち合わせなども定期的に開いて意思統一を計るようにした。

また、障害者の意見を十分に聞くために、相談員と相談する場所を設けて対処するようにした。

6

特別支援学校では卒業生のその後の行方を決めるため、様々な福祉施設を紹介するイベントを開催していた。

法子は各事業所の責任者とともに参加した。そこで放課後等デイサービスの事業に対する希望が多い事が分かった。

障害児の学童保育であるこの事業は、保護者の社会進出を促し、児童達にとっても放課後の時間の安全のために大切である。

法子はこの事業にも参入する事を決めた。

法子は知人の前川輝子の事を思い出した。

前川は無認可保育園の園長であったが、この保育園は園児の減少でやむなく廃園になっていた。

「前川先生、もう一度子供たちのために力を貸して下さい。私共で園舎を借りて、内装整備をやらせて下さい。先生は障害を持つ子供達の支援を考えて下さい」

法子は前川が此れまで長時間保育、産休明け保育、学童保育など先駆的な保育を実行して来た事に深い尊敬の念を抱いていた。

しかし前川は自分が既に60歳になっていることを危惧していた。

「私に出来るのかしら」前川は何度も自問した。

しかし、法子の強い説得で前川の気持ちが動いた。法子は、60歳は高齢者ではなく、成熟した人間として事業に責任を取る確かな年齢であると訴えた。

「前川先生なら必ず成功出来ますよ」と更に説得した。

ようやく前川の同意を得た法子は早速事業の開設に向けて取り組みを開始した。元園舎は小さな部屋に区切られているので、その壁を取り払って大部屋にすることにした。トイレは障害児用に改築し、荒れている園庭を綺麗な花壇と駐車場にする。また厨房を整備して食事の提供もすることにした。

「この改築、整備は手元資金では足りないわ」

法子は花桃銀行の大杉に資金の調達を依頼した。法子は晶子の事業の破綻は銀行の資金に頼り過ぎにあると思っていたので、3年前の立ち上がり資金の融資だけで、その後の運転資金は自前でやり繰りしてきた。

が、今回はどうしても自己資金では賄えないので、大杉に融資を頼んだ。

大杉は法子の事業の発展を良く知っていたので、喜んで園舎の改築費の貸し付けを承諾した。大杉は渡良瀬支店の融資の面で相当な実績を上げていた。

銀行の融資を無事に受けて、障害児の学童保育である放課後等デイサービスの改築工事が済んで、事業が開始された。

前川の采配が光っていた。

開所してすぐに定員の15人が満員になる活況ぶりであった。

特別支援学校から帰ってくる子供達の元気な笑い声が施設に広がると、周りの職員も幸せの笑顔になるようであった。

法子は銀の杜のときに引き継ぐことの出来なかったお年寄りのデイサービスを、子供達の施設の隣に出来たら、新しい介護の形が誕生するのではないかと思った。

こうして法子は次から次へと思い浮かぶ介護の形を追い求めて行った。

茂はまるで生き急ぐような法子の行動を心配して、

「法子さん、気持ちは分かるけど、すべての人に手を差し伸べる事は到底無理ですから、自分の出来る範囲のことをするのが良いと思います。それにそんなに色々な事に一度に手を出したら資金がかかりすぎて利益が出なくなってしまいますよ」と苦言も呈した。

しかし法子は自信があった。小さくまとまらず勇気を持って事業を広げていく事で結果的にたくさんの利益がもたらされると思った。

そしてそれは同時にたくさんの人の助けになるのだ。

法子は茂の忠告を無視しお年寄りのための通所介護事業所を開設した。

7

ある日の事である。

事務所に仕事の依頼があると、ケアマネージャーの山本が利用者に利用内容を良く聞いてケアプランを立てて介護に入るのが普通であるが、その時は、他の事業所からの緊急の依頼であった。

「今日退院して来た人ですが、家にはだれも居ないのです、是非訪問してやって下さい」、

緊急の依頼のため、事務所に居た川田ヘルパー長が利用者宅へ向かった。

それは隣町の農家であった。古い大きな家で昔は大農家であったであろうたたずまいである。

85歳の阿部よしが今は1人で住んでいるのだ。退院して来たのに、世話する人が誰もいない。入院中に介護認定を受けていて、介護4という重い認定であった。

「わしは、どうしても自宅で死にたい。もうお迎えが来るから、家に帰りたい」と言って退院して来たのだ。ひんやりした部屋の真ん中に布団を敷いて阿部よしは寝ていた。

川田は痩せ細った阿部のオムツを替えて、体を拭いてさっぱりさせてから、おか

ゆを作り食べさせた。梅干しだけのおかずであったが、よしは、とても美味しそうに食べた。

そして家の中を見回している。懐かしそうに愛おしそうに眺めていた。川田がいろいろ話を聞いているうちに、

「娘といるみたいだ。20歳で死んだ娘が居るはず無いけれど」と川田の手を取って、よしは言う。

川田は翌朝も阿部よし宅を訪問した。

「よしさん、元気になっておくれ。お前さんがいないと皆が寂しがるよ」

近所の人が来て心配していた。彼等は、

「あんたが、ヘルパーさんかい。こんな時本当に助かるよね。よしさんをお願いするね。頼むよ」と、拝むように川田に言うのだ。

川田は今でも村社会の連帯の絆が深い事を知った。阿部が家に帰りたいという気持ちもわかった。

川田は阿部よしのデータを知らないままに、食事を作り、身体清拭、オムツを替えて、1日3回訪問して介護した。

阿部は何時も穏やかな顔で、

「ありがとう、ありがとう」と言っていた。

それから4日後の朝、川田が阿部宅を訪問すると阿部よしは布団のなかで姿勢正

しく、優しい、満足した顔で亡くなっていた。

川田は近所の人達に知らせたりして、「おくりびと」の役割も果たす事となった。

川田の好意は阿部家の親戚や近所の人にとても感謝された。

が、法子は川田の行動に納得がいかなかった。

介護保険では利用者が亡くなった時点で介護は終了し、それからどんなに重要な世話をしても、何の保証もなく無報酬である。

「川田さん、とても立派な事だったですが、会社としては、そこのけじめをはっきりして引き上げるべきでした」と法子は言った。

しかし川田は、

「法子さん、あの状況ではそんな訳にはいきませんでした。穏やかな死に顔を見て、大往生に賛美を送りたいと思いました。そして死出の旅路の装いを整える事が、私としては最善の供養に成ると思いました」

と、きっぱりと言い切った。

川田はその後体調を崩して欠勤が続いた。

法子は阿部の件があったことで気になり、川田の家を訪ねた。

一人暮らしの川田はアパートの一室で苦しそうに臥せっていた。川田は、

「風邪を引いたのかしら、熱があり吐き気もするのです」

弱々しく言いながら、ベッドの中から法子に顔を向けた。

川田の顔は黄色く、黄疸が出ていた。法子はその症状が唯事ではないことに驚き、すぐに救急車を呼んだ。

川田はウイルスに感染していたのだ。川田は直ちに隔離されて入院となった。明らかに阿部よしの介護の際に感染したのだ。法子は介護者が利用者から病を移された事実に強い危機感を持った。川田は隔離病棟で一ヶ月ほどの入院となった。そして無事に完治する事が出来た。

阿部よしは若いときに輸血をしていてB型肝炎に感染し、高齢になってから発症したのだった。末期になって回復の見込みが無く、自宅療養に切り変えて、ヘルパー要請となったが、担当の医師からケアマネージャーへの伝達が正確になされていなかった。

川田は重篤な利用者とは知らずに介護しているうちにウイルスに感染してしまったのだ。

法子は川田の心情を思ってみた。川田は小学校の時に母親が癌で亡くなり、父親と暮らしていた。優しかった母親との思い出を語る時はいつも涙ぐむ事が多かった。高校を出てから事務職に就いたが、人の役に立ちたいと介護の仕事に就いたのだ。

経験豊富な川田は晶子のお気に入りであった。晶子は50代、60代のヘルパーが多い中、年の若い川田をヘルパー長にして重宝していた。

しかし、つい情を優先してしまう晶子の、事業収支を度外視した福祉のやり方を、多分にして川田は踏襲しているようにも思えた。

法子は晶子の経営のずさんさが銀の杜の事業を追い込んだと思い、自分はその二の舞にならないように頑張っているところだった。だけど川田の気持ちも理解出来るところがあった。

法子は社会奉仕としての福祉事業と利潤を追求する福祉事業の矛盾に直面した。

「それはどうしても解決出来ない問題だよ」

相談に乗ってくれる茂は冷静に答える。

「元々福祉を営利事業に位置づける事に無理があるのだから、どちらも折り合いを付けていかなければならない、現実にこの事業をやるために、これまで奮闘して来たはずだよ」

いつになく語気も強くなった。

「川田さんのことは残念なミスだけど、回復されたようだし、これからは感染マニュアルを徹底するなど、すべてにもっと緊張感を持って運営する事が重要だよ」

法子は茂の言葉をもっともだと思った。そして、あらゆる困難にも負けずにやって行こうと改めて思うのだった。

法子は晶子の事業を引き継ぐ時、従業員との関係を緊密にするために、社長である自分を名前で呼ばせるように決めていた。そうすることで共に力を合わせ協力して事業を発展させることが出来ると考えていた。

しかし、従業員の安全と会社の存続を考え、経営者の責任を明確にするために、法子は自分が会社の代表である事を改めて明示する必要を感じた。

法子はあらためて「社長」と、従業員達に自分を呼ばせる事にした。

8

ある日、法子は花桃銀行の大杉と茂を食事に招待することにした。

法子は事業を始めてからずっと世話になってきた2人に改めてお礼の気持ちを表そうと思ったのだ。

渡良瀬では老舗の会席料理屋「藤よし」を予約した。法子がこの高級な料理屋に入るのは初めてであった。

法子は女将に挨拶をしようと、少し早めに出向いた。静かな玉砂利の庭には灯籠が灯り、前庭が薄暮のなかに静かに照らされていた。

藤よしの女将は、

「北川社長さんですよね。女性が一人で頑張っているって評判ですよ」とにこやかに迎えてくれた。色白で上品な顔立ちで、和服の立ち居振る舞いが、より一層彼女を優雅に見せていた。

法子は自分が世の中でどう評価されているかなど、これまで考えたこともなかった。

次々に目前に迫ってくる問題に必死で立ち向かっていたので、世間の噂を気にする暇はなかったのだ。女将に案内されて奥の部屋で2人を待つ間、女将は、

「若い時から、北川社長の事は存じ上げていました。おばあちゃんとなさっていた紹介所のときも、土屋晶子お嬢さまをお手伝いしていた時も、ご自分で事業を始められてからのご奮闘ぶりも良く存じ上げております」

女将は懐かしそうに目を細めて話しかけてくる。

法子は晶子の事を思いだし、一瞬、後ろめたい気持ちになった。銀の杜で働いていた時は毎日のように会い、共に仕事を頑張って来たのに今は自分の仕事に夢中になるあまり、かなりご無沙汰になってしまっている。晶子さんは今、元気で幸せだろうか……。

そんな物思いにふけっていると大杉と茂が連れ立って部屋に入って来た。

「お忙しいのに、おいで下さってありがとうございます」

法子は茂の笑顔を見て、胸に込み上げるものがあった。茂の励ましがずっと自分の心の支えになっていた事を思い出していた。

「こんな高級なお店に御招待頂くなんて、嬉しいですね」

茂は恥じらうように、冗談を言いチラリと法子を見た。

法子と茂は同級生なので気楽な関係であったが、こうして花桃銀行の次長である

大杉と3人で夕食をともにする事に、茂はある種の緊張を感じているのかもしれなかった。

茂は花桃銀行が市と組んで晶子の事業を閉鎖に追いやった事が気にかかっているのかもしれなかった。法子もそれは許せない事だと感じていたが、大杉が今の自分の仕事を支えてくれているのも事実だった。それに晶子の事は大杉が自分の意思でやった事ではないのだろうし。

「私のような者が今までやってこれたのは、本当にお2人のおかげです。只、感謝の気持ちからですよ」

法子は言った。

2時間余の会食の中で3人は雑談を交わして友好を深めた。それぞれが、立場や環境が違っていても、この小さい渡良瀬市のなかで必死に懸命に頑張っているという連帯感を持ち、強くこれからのことを、話し合った。

「私は、夢中で走ってきました。子供の時は自分の人生は不幸せなままに終わるのかと思っていました」法子は気の置けない親しみを感じて、2人に話し出した。

「でも、私の奥深い処で疼く、燃え盛るものがあって、その燃えるものに突き動かされるように、走ってきました。最近はおばあちゃんの魂が私のなかで生きているように思っています」お酒を一口飲むと法子は続けた。

「だから、今の介護の仕事は祖母から引き継いでいる仕事であると同時に、それよりずっと昔の北川家の先祖の願いを引き継いでいるようなものなのです」法子はしばらくぶりのお酒に心地よい気分になっていた。

「僕は銀行の仕事が、色々な人の人生を変えるとても際どく、危うい仕事であることに時々、背筋が寒くなります」大杉も自分の悩みを吐露した。

「僕はこれまで何度も苦しい状況になりましたが、いつも誰かが助けてくれたり、何らかの環境が変化して挫折から立ち上がることが出来ています。だから、どこか安心して生きていけるとおもっています」茂は楽天的な様子で話している。

3人は予定の3時間をオーバーするほど親密に心を開いて話し合った。

女将が遠慮深く宴の終わりを告げてきた時に、法子は茂と大杉に改めて感謝の言葉を伝えた。

そして大杉が車で法子と茂を家まで送ると申し出た。今日はお酒を飲むからと法子と茂はバスで来ていたが、大杉は下戸だった。

法子は大杉からの申し出を丁重に断った。

「茂さんは送ってもらって下さい。私はタクシーで帰ります。私の家は大杉さんのご自宅から離れているので遠回りになってしまいますから」

「大丈夫ですよ。僕は最近、横田通りのマンションに引っ越して来ましたので北川さんとはご近所です。ダイヤモンドタワーというマンションです」

「あそこに引っ越して来たのですか。とても大きい綺麗なマンションですよね」

法子の家のすぐ近くにあるダイヤモンドタワーマンションは数年前に建ったばかりのまだ新しいマンションだった。この辺りではめったに見られない高層マンションで、高級な外観だった。

1階と2階部分は店舗になっていて、スーパーやカフェ、ベーカリー、デンタルクリニック、美容室、洋服のショップなどが入っている。そこに住んでいるだけで外出せずにすべての用事が済ませられそうなマンションだった。やはり銀行の次長ともなると良い所に住んでいるのだなと法子は羨ましく感じた。

「以前は一軒家に住んでいたのですが、実は離婚しまして今は母と二人暮らしなのです。家に母を一人残しておくよりは、管理人がいるマンションの方が安心のような気がして、移ってきました」

大杉はさらりと言ったが、その表情はどこか虚ろだった。

9

それから数日経ってから、大杉が法子の事務所を訪ねてきた。

「私の母の介護を頼みたいのです。母は3年前から少しずつ悪くなっていき、穏やかな性格も変わって、乱暴になったりして、訳の分からない事を言っています。これまで何度も施設に入所させようとしましたが、断固として拒否するのです。私は母の事を何とかしなければと、毎日悩んでいるのです」

大杉は何時もの銀行員としてのしっかりした様子ではなく、弱々しい姿であった。

「北川さんの所なら何とかなるのではと思ってお願いに来ました」

大杉の母はかつて教師であり、法子はその教え子であった。

法子は大杉の家を訪ねた。

大杉の母親に会うとすぐに大杉の苦しみが分かった。法子の記憶にある大杉先生は、今、全く別人になっていた。ふっくらしていた頬は痩け、顔色は暗くくすんでいた。

彼女はトイレとお風呂が付いている8畳の洋室を自分の部屋として使っていたが、そのスペースだけが自由に動ける場所になっていた。外にも出られないように施錠されているようなのだ。

法子は彼女の部屋に毎日通い続けた。こうした不規則な介護は、介護保険では不可能なので、法子は家政婦紹介所の家事介護を使って対応した。

過去に介護した土屋総一郎のことを思い出しながら、法子自身が介護に当たった。

そうした介護をつづけているとある時、

「法子ちゃんでしょう」と、大杉の母親が法子の名前を呼んだ。法子と居る時間が増えることによって、昔の記憶が甦って来たのだ。

法子はもしかしたら、同級生であった茂も一緒ならもっと記憶が鮮明になるかも知れないと思い、茂に大杉先生の今の状態を話した。

「茂さん、力を貸して下さい。先生は茂さんをとても気に入っていたから」

すると茂は「ぜひ大杉先生に会いたい」と言ってきた。

法子は中学時代の事を思い出していた。

春になると、渡良瀬遊水地の方から黒く固まった野焼きの煤が沢山飛んできて学校の校庭やガラス戸にへばりついて居た。クラスの皆はいつも嫌な顔をしていた。そんな時、大杉先生は野焼きをしないと葦が美しく成長しないと力説していた。

「今では少なくなりましたが、昔は葦の工作よしずで生計を立てていた人達がいたのですよ。谷中村の人がそうでした」大杉先生は熱心に話していた。クラスの皆も興味深く話を聞いていた。

よしずはすだれに似ていて日差しを遮るために使用するものだ。違いはすだれは吊るして使うものだがよしずは立てかけて使う。素材も違っていてすだれは竹で出来ているがよしずは葦で出来ている。

昭和40年頃から機械編みも導入されて生産性も飛躍的に向上し、よしずは日常の日除けのほか、農業用にも使用され、生産枚数は2万枚となり全国の生産枚数の半分を占めるようになり、村を追われた谷中の人たちの生活を支えていたという。

「それでも、時代が変わってよしずの需要が無くなってよしずを作る人も居なくなってしまったのよ。寂しい事ですね」大杉先生は本当に寂しそうに話していた。

そんな先生の事を茂はじっと見つめていた。

或るとき、校庭の隅で茂が同級生の5人に囲まれて、「茂、給食費を払わないで食うのは止めるんだ」と攻撃されているときに大杉先生が茂を救ってくれているのを法子は目撃していた。そのときに、法子は大杉先生の優しさと頼もしさを感じていた。

茂は法子のお願いを聞いて大杉先生に会いに来てくれた。それからは、茂の時間がある時は3人で一緒に散歩をしたりした。大杉の母親は次第に本来の大杉先生に戻っていくようだった。

彼女は、

「法子ちゃん、茂君、いい子だこと」などと笑い声を上げたりした。

ある日、3人で渡良瀬遊水地に出掛けた。

夏の日差しは満々とたたえている遊水池の水面をキラキラと輝かせている。

大杉先生は池の傍にひっそり咲いている黄色いトモエソウの花を一輪摘んで、茂に手渡すと、もう一つ摘んで法子の髪に刺した。そして、嬉しそうにあどけない童女の顔になって笑った。

「茂君を土屋さんに紹介したのはあのいじめを知ったときだったわね」大杉先生は遠い昔を懐かしむように言った。

法子は茂と大杉先生との深い絆を初めて知った。

茂が中学の時に両親を立て続けに亡くして親戚の家にいた時、土屋家の援助を受けていたのは法子も知っていたが、それは、大杉先生の紹介によるものだったのだ。

初めは法子や茂が誰なのかも忘れていた先生が、失われた記憶を取り戻していく事に法子は大きな衝撃と感動を覚えた。

法子は人間の感情や脳の働きの繊細で複雑な仕組みについて考えた。理屈ではなく、現代医学とは違った治療のやり方が介護の現場にはあるのではないかと思った。

法子はそうした個人個人に適用する介護を介護保険と組み合わせて行うようにしていこうと心に決めた。

法子は２００８年の秋、会社の名称を北川総合介護サービスに改めた。

県の指定条件のなかには、事業所の実施地域を決めている。法子の会社は渡良瀬市の近隣市町村エリアを実施地域とすることにしている。

その朝、法子は一本の電話を受けた。

「僕は長谷川と言います」

その電話の内容は訪問介護と通院介助の依頼であった。

長谷川の住所は法子の渡良瀬市から車で1時間もかかる、ぎりぎり実地区域に入る、ひよし市の端であった。

法子はケアマネージャーの山本と長谷川宅を訪問した。

依頼者は、名前を長谷川純太という障害者であった。

彼は体幹機能障害、肩関節機能障害、左股関節機能障害という区分6身体第一種身体障害者であった。

法子が訪問した時には、既に、大手の介護事業所の介護を受けていた。

年齢は28歳と若く彫りの深い綺麗な顔をしていた。よく障害者自立支援法を勉強していて、日々の介護の順序をノートに明記してあった。

法子の事業所は初め長谷川純太の通院介助だけを請け負うつもりだったが介護サービスは訪問介護まで拡大していった。

第六章

長谷川純太の過去

1

1980年、長谷川純太は福島県田村郡三春町で長谷川家の長男として誕生した。

三春町は日本3大桜に選ばれた「三春の滝桜」で有名な土地である。

樹齢1000年あまり、江戸時代から巨木の名桜として全国的に知られている「三春の滝桜」は、東西25メートル、南北20メートルに広がる枝から滝のように流れ落ちる薄紅色の花は、まさに桜の滝そのものである。

三春の桜が観る人を感動させるのはその美しい姿だけではなく、桜の木の逞しい再生力である。

それは人間の治癒力のように、自らの腐った幹の部分を腐葉土とし、新しい根の栄養にして本来の太幹を強くしていく、驚くべき生命力である。

純太の母の陽子は三春の桜の守り人の手伝いとして働いた。

陽子は滝桜をこよなく愛していた。

純太の父は夏には農業に精を出し、収穫が終わった秋から冬には東京方面に出稼ぎに行っていた。

純太は両親に愛されて大きくなっていた。純太も母が好きな滝桜が大好きであった。

純太は小学生のころから勉強好きで、母の陽子の自慢の息子であった。

ところが、純太が中学2年の冬、父が出稼ぎの工事現場の足場から落下して大けがをして、三春の家に戻って来た。

父は骨折の他に内蔵にダメージを受けていて、その後仕事が出来ない体になった。

不幸中の幸いであったのは出稼ぎ先が大手の下請け業者だったことで、怪我の保険金が支給され、一家の生活はなんとか支えられていた。

しかし、それからの長谷川家の生活は一変した。働く事を止めた父は精神的に破綻していき、家中で暴れるようになり、乱暴な怒りやののしりの声が続いていた。

そんな中でも、息子の純太と母の陽子は健気に気丈に暮らしていた。

2人は、毎年春になると、逞しく枝を広げて満開に花をつけて咲き誇る三春の滝桜を心の支えにしていた。この桜を見ると、自分も強くなれるような気がしていた。

父は2年半余りの苦難の日々を過ごした末、純太が高校の1年の夏に亡くなった。

純太は父の死亡の後、家計を助けるために早朝の新聞配達のアルバイトを始めた。

純太は落ち込む様子を周囲に見せる事無く、熱心に勉強に励んでいた。

その懸命な様子は近所の人達の心を打ち、彼等は公私両面から応援してくれていた。

しかし、1999年の春、悲劇が起きた。

純太が県立高校を卒業し大学の進学も決まっていたある日、新聞配送店の店主か

ら、

「すまんが、これが最後の配達にするからね。明日の朝、お願いするよ」と言う仕事の依頼を受けた。

その日の朝も三春の桜は見事に咲き誇っていた。純太はしばらくバイクを停めて、夜明け前の薄明かりのなかに浮き上がる桜花を眺めていた。

突然、体に激しい衝撃を受けた。純太は傍らのバイクと共にはじき飛ばされ、意識を失った。

2

純太の母の陽子はその朝、満開の大樹の桜花を見に来るお客の増加に対応するために、まだ夜明け前の暗い時から駐車場の整備を始めていた。

昨日の観光客が散らかしていったゴミを集め、少し曲がった周囲の杭を真っすぐに直したりしていた。

今年の桜は特に見事に咲き誇っている。

陽子は毎日大型バスでやってくる観光客を喜ばせるために、朝早く起きて三春の桜の守りの役を果たしているのだ。

陽子が忙しく働いていると、暗がりの中を白い車がやってきて、そこから降りて来た若い男性が桜の木の柵のなかに入り、しだれている滝桜を仰ぎ見ようとした。

「お客さん、そこに入ってはいけませんよ」

陽子は強い口調で言った。

男性はハッとして慌てて柵の中から出てくると、

「すみません、僕は今日、福島を離れなければなりませんが、有名な滝桜を見ないで行くのは、とても残念ですので見に来ました。さすが素晴らしいですね。暗闇のなかで桜花が明かりのように見えていますね」

と、端正な顔立ちに屈託を見せることなく謝った。

陽子は三春の桜の歴史などを説明し、

「この滝桜は、大正11年に国の天然記念物に指定された岐阜県の根尾谷薄墨桜と山梨県の山高神代桜と共に、日本3大桜に選ばれているのですよ」と話した。

その男性は陽子に何度も礼を言ってから、さらに桜を眺めている。

陽子は新聞配達から帰ってくる息子の朝食を作るために急いで家に戻った。そして、陽子は息子の純太の帰りを待っていた。長い間やってきた新聞配達も今日で終わりだと言う。

純太は陽子の自慢の息子であり、陽子自身の生きた証でもあった。

しかし、純太は朝食の時間になっても戻らなかった。その時間には純太は救急車で病院に運ばれていたのだ。

新聞販売店から陽子に連絡があったのは、午前10時過ぎであった。

純太はバイクごと坂から落下して、バイクの下敷きになって倒れていたというのだ。怪我は大きく、意識がなく、すぐに手術になったというのだ。

陽子は、

「純太、どうしたのよ。純太、どうしたのよ」と叫んだ。陽子には自慢の息子の命の危機について全く理解出来なかった。

今朝、ニコニコしながら最後のアルバイトの新聞配達に出かけて行ったのだ。

「あんなに元気だった息子です、どうしても助けて下さい」

陽子は誰彼となく手を合わせてまわった。

陽子は半狂乱の様子で病院を駆け回っていた。

陽子はその後、手術を繰り返して入院を続けている純太を見守り、支えて行くことになった。

「私はこういう役周りなのでしょう、夫の大怪我で介護をした。今度は息子の大怪我にこうして、付き添っているのだからね」と陽子は自分に言い聞かせていた。

純太は身体的損傷が大きかったが脳の損傷はなく、言語も思考もしっかりして来ていた。

しかし、体は回復せず、座ることも歩くことも出来ない状態が続いた。

純太の主侍医は、

「この病院では、これ以上のリハビリはできませんので、大きな病院を紹介しますから、転院して治療を続けていくようにして下さい」

「どこの病院ですか」

「隣の県のひよし市に私の知り合いの医師がいる大学付属病院があります。紹介状を書きますので、そこに行ってください」

「わかりました」

「息子さんの誕生日はいつでしたっけ」

「8月です」

「息子さんはもうすぐ20歳になるので、自立した方が良いでしょう」

「自立？　一人暮らしをした方がいいという事ですか」

陽子は驚いて問い質した。

「そうです。家族と住んでいると、家族が面倒を見る事が出来るので、自治体から介護費が支給されない可能性があります。障害が一応確定しましたから、障害者手帳を取得して下さい」

「先生のいうとおりにします」

陽子は哀願するように主治医を見上げた。

「私が診断書を書きます。その上に、意見書を付けておきます」

しかし、陽子は主治医の言葉の意味があまり理解出来ていなかった。

純太に主治医の話を伝えると、

「お母さん、分かっているよ、先生の言うようにするよ」と、意外に明るい笑顔を見せた。純太はそれから陽子に自立支援に関する本を買ってくるように言った。

「僕は一人で生きられるように色々勉強してみる」

「でも、お前は座る事も、歩く事も出来ないんだよ」

陽子は純太が事故にあった時の必死の様相は消えて、いくらか落ち着きを取り戻し、おとなしい堅実な母親の顔になっていた。

「お母さん、ぼくは自分が今、出来ることをやって行く事にするよ」

そして純太は隣の県の大学付属病院に入院する事になった。

同時に病院のケースワーカーが障害者用の県営住宅に入居出来るように手続きをした。

「純太君は頑張り屋さんだから、これからも自立出来るよう私も応援するよ」と主治医は約束した。

純太は障害者年金と障害者手帳を手に入れた。そして陽子の家から独立して、ひよし市に新しい住民票を作ることとなった。

その事によって純太は手厚い福祉の恩恵を受ける事になった。

3

しばらくすると純太は事故の瞬間のことを少しずつ思い出すようになった。

あの時、暗闇から飛び出して来た白い乗用車が、道路の左側に止まっていた純太にぶつかってきた。その衝撃でバイクとともに坂の下へ落下したのだ。あの車はそのまま走り去ったのだ。

「僕は事故当時は記憶が無くて、車の事は誰にも伝えることが出来なかった」

あの時は夜が明けたばかりだったので、目撃者は誰もいなかった。自分で誤って坂から落下したのだと、考えられていた。

「純太君、君は大怪我をして、体幹がマヒしてしまっている」

大学付属病院の担当医師は純太の回復の困難さを説明して、根気良くリハビリに励むことを、強く指示した。

「しかし、これほどのおおきな怪我なのに、脊髄の損傷が無いのは奇跡のようです」

と担当医師は感慨深そうに言った。

純太の猛烈なリハビリが始まった。その甲斐あって純太は徐々に回復していき、普通に座る事が出来るようになった。

半年程過ぎると、純太は退院し県営住宅に戻る事が出来た。退院する前に自宅で生活できるような介護用ベッドや歩行をサポートする器具や車椅子などが部屋に準備された。同時に純太の日常をサポートするための介護ヘルパーの選定が県の障害福祉課主導で勧められた。

深夜のトイレ介助に行くヘルパーはなかなか見つからず、どの業者もかなり苦労していた。

純太はさらに、インターネットで様々な情報を得て、自分の介護に取り入れて行った。

「これまでは、福祉は措置として行政のお仕着せのものだったが、此れからは自分で計画して、自分の責任で受けるのが本当の福祉の形なのです」

純太は会う人ごとに訴えた。

純太はネットを通じて、全国の障害者の団体と連絡をとり、他者の置かれた現状を知ると同時に、障害者の生活向上の運動にも力を入れた。

一方、国は障害福祉も介護保険と同じような制度にするために、障害者が施設から出て社会にのなかで自立させようとしていた。

県においても、この動きに合わせるように、「障害者の自立にむけて」というタイトルの講演会や研修会が開催された。

それらの会合に純太は度々出席し、自立している障害者の代表として発言した。

「私のような障害を持っていても、皆さんの御支援を頂ければ自立して生きていけるのです」

　全県の障害者を支援する指定業者の研修会で、純太は力説した。

　純太は大勢の拍手を受けて、ますます意欲を燃やして行くようだった。

「純太君、君は福祉の業界ではちょっとした有名人だよ」

　担当医は感心したように言うのだった。

　純太は誇らしく思って、日々の暮らしの中で自分の介護の質を上げて行こうとした。そのために介護事業者を次々に変えて行った。

　しかし、純太の要望に適う業者はだんだん少なくなり、とうとう近辺にはいなくなった。

　そして、純太は自分の家から離れた法子の事業所に連絡をしたのだった。

第七章

法子と純太

1

法子は純太が２００９年になって、ひよし市から、渡良瀬市に新築された県営住宅に転居してきたことを知った。渡良瀬市に移ったことで、法子の事業所により多くの介護の要請があった。

純太が住む築後間もない県営住宅の障害者用区画はスロープ付きの一階にある最新仕様のものである。

渡良瀬市の障害福祉課の窓口では、セルフプランによる介護要求は初めての事であった。

課長補佐の藤村茂は純太のプランをよく検討してから介護時間の決定をすることにした。茂は早速県に問い合わせた。

県の意向は、

「障害の区分と介護の必要性が妥当ならば認めるべきだ」ということであった。

法子の会社は障害者の訪問介護による居宅介護支援に力を入れていたので、長谷川純太が渡良瀬市に転居して来たことは、都合が良いことである。

ヘルパーの移動時間も短縮されるし、なによりも法子自身も純太の様子を見る事が出来ることになった。

「社長、今度長谷川さんから、障害者手帳の更新に隣の県の最初の病院に同行を依頼されています。重度身障者なので運転手もつけて、2人で通院しないといけないのですが」

純太の介護を担当しているヘルパーが言って来た。

「そうですか。それでは私も行きます」

法子は純太の介護に、強い関心を持っていた。

「自立するために良く頑張っている人なのですよね」

「長谷川さんは、法律のことや介護のことを、それは良く勉強しています」

法子は県の研修会での発言を思い出していた。

法子は純太に面接して、今後の介護について、相談しようかとも思った。

新しい県営住宅は純太のために十分な設備が整えられていた。介護ベッドは音声を認識して前後、左右に動く最新のものであり、排便、排尿も介護器具の最新のものが揃っていた。法子は、

「うちのような小規模な事業所を指名して頂いてありがとう」と言った。

「小さい方が、小回りがきくので、僕はありがたいのです」と純太は答えた。

「3時間もかかる病院に同行して頂くのですから」と純太は申し訳なさそうに、言う。

「僕は今は不幸だとは思いませんが、事故当時は、どうして僕だけがこんな目にあ

うのだろうと、恨みもしました。しかし、これも自分の運命なのだと前向きにとらえてみました」

純太ははっきりと法子を見据えて言った。

「僕は高校卒業後、大学の進学も決まっていたんです」

過去の無念の気持ちを滲ませて純太は久方ぶりに昔話を法子に語り始めた。

「あの朝、薄明かりの中で咲き誇っている桜の花に見とれていました。僕の故郷の三春の桜は、それは見事な桜なのです」と純太は自慢気に話した。

「僕がバイクで左側に止まっていたら、暗闇から白い車が迫って来て、僕にぶつかって来た。その衝撃で僕は坂の下へ転げ落ちた。それから、僕は意識も無くなり、口も聞けなくて、1年ほど寝たきりの状態で治療を受けていた」と純太は話し続けた。

「僕はどこかの誰かにひき逃げされたのです」

「まだその犯人が誰か分からないのですか」と法子は純太に尋ねた。

「僕はもう犯人が誰であるかどうでも良いと思っています。自分で福祉の制度を上手く活用して頑張って生きていきたいと思っています」

純太はしみじみとした口調で語った。

法子は純太の生い立ちを知り、出来る限り支援しようと感じていた。

3日後には純太のほぼすべての介護時間を法子の事務所が担うことになった。大量の介護時間なので担当ヘルパーは4人に増やした。

法子は純太の障害者手帳の更新のために純太の元の病院に同行する事にした。リフト付きの介護車を使用して、法子と純太と純太の母親、そして運転担当と4人で行く事にした。

その日の朝、純太の体調も良く、元気に法子達を迎えた。純太は車椅子に乗ったままで介護車に乗った。

「東北自動車道を郡山インターで下りて、そこから国道288を東に三春ダムの方へ走って下さい」

高速道路は館林インターから入るので渡良瀬の三国橋を渡って行く。途中、渡良瀬川の土手道を走る。

土手は春になると一面菜の花で覆われる。小さい黄色い花の群れが、時折、風に吹かれて、さざ波の様に揺れている。

そして、黄色い波は風に踊りながら、土手の斜面を彩っている。

純太は窓を開けて春の風を頬に受けながら外の景色を黙って眺めている。

冬枯れで茶褐色であった土手は、春の息吹を吸い込むように、今、鮮やかに春色に変貌しているのだ。

「このむこうに、渡良瀬遊水地があります」法子は遊水池の歴史を少し話した。純太はとても興味を惹かれた様子で耳を傾けた。

「それでは、渡良瀬遊水地は足尾銅山鉱毒事件の対策のために作られたのですか」

「そうです。足尾銅山の事件はご存じですか」

「それは有名だから知っています。日本で初めて起きた、公害事件ですよね」

「はい。国は渡良瀬川の洪水で足尾銅山から流出する鉱毒を遊水池を作る事によって防ごうとしたのです。その計画のため、谷中村という村が国に強制買収されて廃村になったのです。村人はすべて村からの立ち退きを余儀なくされました。最後まで抵抗して残っていた人もいたそうですが結局、出て行ったそうです」

「それで……谷中村の人達はどうなったのですか」

純太はしばらく沈黙した後で、法子に尋ねた。

「それぞれ、新しい土地に移住して行きました。谷中の子孫達は今も逞しく生きていますよ」

法子は茂のことを思い出しながら答え、微笑んだ。

純太は法子のその微笑みに、ふいに心惹かれるものを感じた。

「私の中学の同級生の茂さんも、その一人です」

法子はいつもと同じように話しているつもりだった。

しかし、法子の言い方に、特別な愛情がこもっている事に純太は気が付いた。

「そうですか、それは良かった。僕も僕の母も、色々苦労しました。でも、それぞれ苦労しながら生き延びています」

純太は内心の動揺を隠すように早口で答えた。そして、自分の父親の事をぼんやりと思い出した。

　東北道の那須の辺りで休憩を取った。

　その時、純太は、

「社長さん、今日はどうしても、途中立ち寄ってもらいたい所があります」と懇願するように言った。

「少しの時間なら構いませんが、どちらですか」

「僕が事故にあった現場に行きたいのです。そこは日本三大桜として有名なしだれ桜のある所です。診察を受ける病院に向かう途中にあります」

　法子は純太の必死な依頼を承諾した。

　純太は疲れたらしくリクライニングの着いた車椅子を倒して、目をつぶった。

　春浅い田舎道を曲がりながら、ハイエースの介護車は純太の言う三春の桜へ向かって走っていった。

「ほら、あの坂の下に大きく枝を広げている桜の木があるでしょう」目を覚ました純太は身を乗り出すようにして言った。

　純太は法子達を急かすようにして車椅子を下ろすように言った。

　もうすっかり蕾も膨らんで、二、三個ずつ桜花が開いている枝が見える。

　運転手を車に残して、法子が純太の車椅子を押し、純太の母親の陽子と桜の木に向かって歩いて行った。

「お母さん、あの日僕はこの場所で、白い車に跳ねられたんだよ。自分で転げ落ちたのではない」

純太は当時の状況を思い出している。春休みになっていて、あの日が最後のアルバイトの日だった。

桜の大木は、丘のくぼみの所に天女の羽衣のように、枝を広げている。幹の元に近づくのには更に歩いて行かなければならない。

純太と陽子と法子が大樹に近づいた時に突然、陽子が叫び声を上げた。

「あの朝、私は白い車の男性に会っている」

その人は、銀行に勤めていて、故郷のお店に転勤するとかで、

「最後の日に有名な三春の桜を観ていこうと思って来ました」という若い男性に陽子は、三春の桜の説明をした事をはっきりと思い出した。

「そうだ、あの男が息子の純太をひき逃げしたに違いない」陽子はこれまで気がつかなかったことに愕然とした様子であった。

純太の事故からもう10年が経過しているのだ。すでに時効が成立していた。

法子も純太の不幸な出来事を聞いて深く同情した。そしてできる限りの支援をしようと改めて思うのだった。

2

純太の介護区分が以前と同様に決まって、法子の事務所は全面的に支援を行っていた。

ある日のこと、障害福祉課の藤村茂が部下を連れて、法子を訪れた。

「今度県の西のブロックで障害者の自立についてという題の講演会を我々渡良瀬市が主催することになりました」

そこで法子の利用者で当事者として発言出来る人を紹介してほしいという申し出であった。

法子はすぐに純太を紹介した。

純太は茂からの依頼を快諾した。純太は全国障害者協議会の県青年部長の肩書きを持って講演会に臨み、

「我々自らが障害に勝つことが何より大事です。どれだけ強い意志を持つか、貫いて行く強い意志があるのかが問題なのです」と力説した。

法子はその純太の演説の様子に心を動かされていた。

講演会は大成功に終わり、特に純太への質問や共感の声が多くあった。純太は嬉しそうに、時には笑ったりして対応していた。

その講演会を、法子に招待された大杉も見に来ていた。

大杉は笑顔で純太に挨拶をした。純太も笑顔で応じた。純太の側には母親の陽子がいた。

大杉を見た瞬間、陽子の目が動いた。そして、帰る大杉の後ろ姿を、いつまでも見据えていた。

第八章

真実との対面

1

南方の海水の温度の上昇のため、台風の発生が例年になく多発していた。8月になってから続いて四つの台風が次々に日本を襲ってきていた。その日は朝から風が強く、午後から台風の雨が時折り激しく降ってきた。法子は各事業所を臨時休業にした。実はこの日、法子の家の応接間で純太の誕生日会をする予定だった。そのために純太は母親をともなって早いうちから法子の家に来ていた。

突然の雨のため従業員達は参加出来なくなってしまったが、法子と純太と純太の母親の陽子の三人で開催する事にした。

法子と陽子は純太にプレゼントを渡し、純太は照れ臭そうにお礼を言った。それから法子の手作りのケーキと料理を三人で食べた。楽しく食事をしている途中で、陽子が突然、深刻な表情で法子に言った。

実は、純太をひき逃げした犯人が分かったのです、と。

犯人は花桃銀行の大杉だというのだ。大杉がこの前純太の講演会を聞きに来た時、陽子が気付いたというのだ。しかし、すでに事故から10年が経ち、時効が成立している。陽子はどうしたらいいのか悩んだが、純太に真実を伝えた。

すると純太は事故はもう起こってしまった事だから仕方ない、だけど大杉さんに一言謝って欲しいと言った。陽子もそう思ったので花桃銀行に電話し、大杉に純太の気持ちを伝えた。

しかし、大杉は自分が事故の犯人だと認めず、それから大杉から連絡が無いという。

法子は陽子の告白に衝撃を覚えたが、よく考えたら大杉は元々福島の郡山支店から渡良瀬支店にやってきたのだ。その時期がちょうど純太が福島の三春町で事故に遭った時と一致する。大杉は銀行員としての地位を失いたくなくて、事故を隠蔽したのかもしれないと思った。

大杉さんはこのまま何もなかった事にするつもりなのかもしれませんね、と陽子は激しい憤りの表情で呟いた。純太は無言で食事を続けていた。法子も何て答えていいか分からず黙ってしまった。

三人は沈黙の中、食事をした。

激しい風雨が板戸に当たり、ぎしぎしと音をたてた。時折、雨の音が止み静かになったかと思うと、次の瞬間さらに激しい風と雨の音が辺りを襲う。

幼い頃から知っているこの界隈の狭い道に風が唸るように吹き抜けるのを法子は聞いていた。

いつもは従業員や利用者で賑やかな事務所は、今はひっそりと静まりかえっている。暴風と豪雨が交互に法子の古い家を襲ってくる。

軒先が低く暗い家が並んでいる古い風景が、法子の心にそこはかとない闇を落としていた。

法子は祖母のきぬと過ごした昔の嵐の日を思い出していた。

あの時も激しい豪雨に家中が軋んでいた。そして渡良瀬川が氾濫して濁流が街中に溢れてきた。祖母が近所の人々を追い立てるように声をかけて、高台の城址跡にある土屋家に避難させたことを思い出した。

まだ小学3年の夏のことだった。法子は祖母に手を引かれて、法子と法子の母親の3人で土屋家に避難した。其のときも、何故か、法子の記憶に強烈に残っているのは、きびきびと皆を指示しているのは祖母のきぬであった。法子の母親の影は極めてぼんやりとしているのだ。

土屋家の大広間に避難している町の人々とは、別の部屋を与えられて祖母と法子は特別な待遇であった。其の待遇の違いは、当時40代後半だった祖母が回りの誰よりも美しく、しっかりしていて賢く、人のために頑張るからなのだと、9歳の法子はなんとなく誇らしく思っていたのだ。

その後、法子は土屋家に出向くことは無かったが、土屋家の荘厳とも思える大きな屋敷に心惹かれていた。

法子は土屋家には、晶子という名前の一人娘がいる事を思い出した。

祖母が教えてくれたのだ。あんな豪華な家があるというのに、その娘は今は海外で暮らしているらしい。

その事が法子にはとても不思議だった。

私がもしあの家に住んでいたら、決して離れたりしないのにと思った。

そして晶子という人はどんな人なのだろうと想像した。きっととても綺麗なのだろうと思った。まるでお姫様みたいに。

法子は母も祖母に似ていて綺麗な顔立ちなのに、自分だけが普通の女の子の容姿なのが不満だった。

恐らく自分は父親似なのだろうと思った。以前、母親にどうして自分には父親がいないのか聞いた事がある。その時、母親は「お父さんは他に好きな人が出来たのよ。その人と暮らすために家を出て行ったの」と言った。

それ以来、法子は父親の事を聞くのをやめた。父親に興味も無くなった。

それよりも美しく賢い祖母の相手である、一度も会った事のない祖父の事が気になった。

ある時、法子が、

「おばあちゃん、おじいちゃんはどんな人だったの」と聞くと、
いつも優しい祖母が険しい顔で無言のまま法子を睨むのであった。法子はその事は触れてはならないことだと子供心に悟った。

法子は成長するにしたがい、自分の家の生業が、今は家政婦紹介所であるが元は遊郭で置屋であったこともだんだんと理解していった。

法子は自分が学校でもどこでも、大人からどこか差別されているような、軽蔑と好奇の目で見られているような妙な違和感を覚えていたが、その理由も分かった。

祖母のきぬは法子が自分に似て頭が良いことに早くから気付いていた。

法子が学校のテストで100点を取ってくると手放しで喜び、満面の笑みで言った。

「法子、大きくなったら私の仕事を手伝っておくれよ。法子が一緒に頑張ってくれたら心強いよ」

きぬは法子に大きな期待をよせているように見えた。

その分、娘である法子の母親の事はあまり気にかけていないようだった。

法子は地元の中学に入学すると、更に勉強を頑張るようになった。勉強の出来る法子は担任の教師のお気に入りだった。

新卒の若い男性の教師は、「法子ちゃんは本当に賢いね、きっと将来偉い人になるよ」などと言って法子を褒め称えた。

法子の母親が授業参観に来たとき、法子は積極的に手を上げ、張り切って教師の質問に答えた。母親に良いところを見せたいと思ったからだ。

母親が授業が終わった後、担任に話しかけ、楽しそうに話している姿を見て、法子は嬉しくなった。母はきっと自分の事が自慢なのだろうと思ったからだった。

ある日、いつものように学校から帰ってくると、家の中に母の姿が無かった。

母は夜になっても帰って来なかった。

其の日の夜、祖母と二人で夕食を取りながら母はもう帰って来ないかもしれないと法子はぼんやりと思った。

昔、母が言った「お父さんは他に好きな人が出来たの。その人と暮らすために家を出て行ったの」という言葉をなぜか思い出していた。

翌日、母が法子の担任の教師と駆け落ちした事を知った。学校は大騒ぎだった。

そしてその日から、クラスの皆の法子への苛めが始まった。目に見えて苛められたわけではなく、それとなく無視された。

法子と普通に話してくれたのは茂だけだった。法子は生徒からだけではなく教師からも距離を置かれるようになった。唯一、中学三年の時の担任だった大杉先生だけが公平に接してくれた。

ある日、祖母のきぬが法子に中学を卒業したら進学しないで家の仕事を手伝ってくれないかと言った。もう学校に行くのは嫌だと思っていた法子は祖母の申し出を受け入れた。

自分の家が進学させるほど余裕が無い事も分かっていた。

祖母は法子に申し訳なさそうだった。法子が頭の良い事を知っていたので、進学を諦めさせる事に罪悪感を抱いているようだった。

そして、法子に言った。

「法子、自分に自信を持ちなさい。お前の中には由緒ある土屋家の血が流れているのだよ」

祖母の瞳は涙に濡れていた。気の強い祖母が初めて見せた涙だった。

法子は嬉しかった。祖母が自分を励ますために決して誰にも話してはいけない秘密を明かしてくれたのだと分かったからだった。

それから祖母と法子は互いに助け合い、ずっと頑張ってきたのだ——。

「法子さん、シチューをお代わりしてもいい？」

純太の声が、法子を回想から現実に引き戻した。

法子はもちろんよと言い、純太からお皿を受け取るとソファーから立ち上がった。

その時、玄関のチャイムの音が鳴った。

2

法子は玄関に向かいドアの覗き穴から外を見た。すると、そこにはびしょ濡れの大杉が立っていた。

驚いた法子は慌ててドアを開けた。

「大杉さん、こんな雨の日にどうしたのですか」

大杉は無言で俯いていた。法子はハッとした。大杉の右手には出刃包丁が握られていたのだ。法子は恐怖のあまり思わず後ずさった。

「今日、純太君がこちらに来ていると聞いて……」

大杉は俯いたままゆっくりと言った。

「え、ええ……今日は純太さんのお誕生日会なんです。29歳の」

「そうですか、誕生日ですか。可哀そうに」

「え？」

「誕生日に死ぬ事になるなんてね」

「大杉さん、何を言っているのですか」

大杉は土足のまま玄関に上がるとそのまま歩いて行った。

「大杉さん！　待って下さい！」

法子は恐怖で動かなくなっていた体をようやく動かし、大杉の後を追った。

大杉が応接間に入って行くと、純太と陽子は驚愕の表情になった。

純太を真っ直ぐに見つめ大杉は言った。

「純太君、君は僕を脅迫するつもりだね」

「大杉さん……何を言っているんですか」

純太は呆然とした声を出した。

大杉は不敵な笑みを浮かべながら包丁をぶらぶらさせた。

「一言、謝って欲しい？　嘘だ。そんな事で済むはずがない。君は僕を脅迫して金をせびるつもりだろう。先の見えない毎日だから金はいくらあっても足りないと感じるだろうしね。でも僕にだって生活がある。守らなきゃいけないものがあるんだ」

「大杉さん、やめて下さい！　純太さんは大杉さんを脅迫しようなんて思ってません！　本当にただ一言謝って欲しいだけなんです」

法子は車椅子の純太の前に立ち、純太を庇うように両手を広げた。

「不運だね。台風の日によりによって強盗に襲われるなんて」

「え？」

「この家は介護の事業所を兼ねている。そこに金目当ての強盗が入った。運悪く鉢合わせたその家の住民、北川法子と介護を受けている障害者の長谷川純太、その母親の長谷川陽子は殺されてしまう。犯人は逃走するが結局見つからない。激しい風と雨が犯人の足音を消してしまうからだ」

陽子はゾッとした。大杉は焦点の合わない目で法子を見つめている。すでに正気を失ってしまっているように見えた。

大杉は包丁を手に法子に襲いかかった。

「危ない！」

純太の叫び声が聞こえた瞬間、法子は信じられない光景を見た。

車椅子から、純太が立ち上がったのだ。

立つ事も歩く事も出来ないはずの純太が。

純太は法子を庇うように大杉の前に立ちふさがった。大杉の包丁が純太の腹に突き刺さった。

「純太さん！」

3

その時の事を法子はあまりはっきりとは覚えていない。

ただ、純太の腹からの大量の出血を見た時、大杉は正気に戻ったような顔をしたような気がした。

そしてそのまま法子の家を飛び出して行った。

呆然と立ち尽くす法子の横で純太の母親が携帯で救急車を呼んでいたような気がした。

その後、大杉は警察に逮捕され、純太はしばらく入院する事になったが命に別状は無かった。そして、まるで奇跡のようだが純太は立つ事も歩ける事も出来るようになっていた。

法子と陽子は診察室で医師から説明を受けた。

「純太君が18歳のときの事故は大事故で、本当に命に関わるほどのものだったと思います。しかし彼の懸命なリハビリなどによって奇跡的に回復に向かっていたのでしょう。つまりいつの間にか自然治癒していたと思われます」

「でも、それではどうして今まで純太は歩く事が出来なかったのでしょうか」

陽子が質問すると、

「それは分かりません。だけど人間の体は精神面に大きく左右されます。本人が歩けないと思えばやはり歩く事が出来ないのです。だけど北川さんを助けようとする気持ちが、彼を歩かせたのかもしれませんね」

そう言って医師は優しく微笑んだ。

純太は退院後、自らの足でハローワークへと出向き仕事を見つけて来た。そして職場に近い場所に母親と一緒に引っ越す事になった。

純太が渡良瀬市から離れる日、法子は見送りに行った。

電車のホームで二人は別れの挨拶をした。

「元気でね、純太さん」

「はい。法子さんも」

「私はいつでも元気だから」

法子は笑って返した。

「そうですね。いつも元気な法子さんを見ているのが好きでした」

「え？」

「法子さん、僕は……」

止まっている電車の中から、そろそろ発車するわよーと陽子の声がした。

「いえ、何でもありません。僕、頑張ります」

「頑張って」

二人は固い握手を交わした。

第九章

法子の決意

1

法子と茂は休みの日に神戸へ新幹線で出かけた。大杉先生に会いに行くためだった。

神戸にある老人ホームに入居した大杉先生は穏やかな表情で二人を出迎えた。

一時、法子と茂の事を思いだしたかのようだった大杉先生はまたすべてを忘れて忘却の世界に生きているようだった。

彼女は二人の話に時々頷いていたが自分からは特に何も話さず遠くを見るような目でベッドの上に静かに座っていた。

法子と茂はあえて大杉輝一の事は話さなかった。

大杉先生が、息子の事を覚えているかどうかも定かではなかった。

二人が帰ろうとする時、ふいに大杉先生は口を開いた。

「法子ちゃん、茂君、いい子だこと」

法子と茂は思わず振り向いた。

大杉先生は笑顔で二人を見つめていた。そして、

「輝一も、本当にとてもいい子なのよ」

と呟いた。

2

10月になると曇りや小雨が続き、肌寒い日が多くなった。

中頃になってすこし秋らしい陽気になってきた頃、茂が「足尾銅山を見に行こうよ」と法子を誘った。

法子と茂は高速道路ではなく、一搬道路を選んでくねくねとした川沿いの道を走った。まだ紅葉にはならない木々が山々に覆いかぶさり、その隙間から小春日和の青空が見え隠れしている。

山道の途中には鄙びた人家が点在している。こんな辺鄙な所で生きている人がいることに法子も茂も驚きながら、ますます狭くなる山の道を登って行った。

「見て、見て、遠くの山が綺麗よね」法子は久方ぶりの解放感ではしゃいでいた。

茂はそんな法子を笑いながら、

「僕は運転中なので遠い景色は見られませんよ」と答えていた。

実際、ガードレールもなく、道幅が狭く危険な場所が何か所もあった。

「こんなに悪路だとはおもわなかった」

茂は少し弱気になって言った。

「いいえ、こんなことぐらい平気です。これまでの苦労を思うと」と法子は心底そう感じていた。

途中に発洸地という地名をつけた小さな食事処があったので昼食をすることにした。茂は、

「本当に大変だったね。よくめげずに踏ん張りましたね。よくやった」と言って法子を見つめた。

茂がこのようにはっきり言葉に出して言うのは初めてであった。

「ありがとう、茂さんが何時もそばにいると思うと、なぜか安心して頑張れました」

法子も茂に感謝の気持ちを言葉にしたのは初めてだった。

二人は山奥の小春日和が降り注ぐ大きな木のテーブルで向かい合って、ゆっくりと食事をした。

無口であったがどちらからともなく微笑みが交わされていた。食後のコーヒーもとても美味しいものだった。

「こんな山奥だからこそ、丹精こめた料理に出会えて嬉しいね」

茂はそう言うと、朴訥そうな店主に足尾銅山への道を尋ねた。

「この道を来るとは、珍しいですね。この道は昔、足尾に働きに行った労働者の道なんです。今ではほとんど誰も通りません」

店主は感慨深く答えながら、道順を教えてくれた。そして、

「お幸せに」とにっこり笑った。

茂と法子は暖かい気持ちになって、教わった山の道をさらに登って行った。山の木々はいつの間にか色づいて黄色や赤の色が山一面に広がっている。随分と高く登って来た。山は紅葉の盛りになっていた。

ここが山の頂きと思える眺望の良い所に車を止めて、二人は眼下の山々を見下ろした。折り重なるように山は連なっている。一緒に手を広げて大きく深呼吸をした。

「なんて気持ちの良いこと」法子は笑顔で言った。

すべてが走馬灯のように流れ、そして消えていくようだ。

その時、2人の前方に大きな鹿の姿があった。

今まで見たことのないほど大きな鹿である、逞しい大きな角をゆっくり傾けながらこちらを見ている。

じっとこちらを見つめている。

鹿の王の風格がある。

唯、一頭である。

錦秋の山で堂々としてこちらを見ているのだ。対峙しながら鹿の威厳に対する驚きで、2人は立ち止まったまま、身動きが出来なった。

しばらくそのままでいると、大鹿はゆっくりと木々の中に立ち去って行った。

「夢なのかしら、あのように大きな鹿を見たことがありません」

法子はあまりの突然の出来事に茫然としながら言った。

ただ、鹿の立ち去った燃え盛る紅葉の林の奥に魅せられていた。

鹿が、神の使いか化身のように感じられた。

法子は何とも言われぬほどの大きな力が身体中にみなぎるように感じていた。

「さあ、足尾へ急ぎましょう」二人は登りつめた頂から急坂を一気に下った。

「僕の先祖の原点は足尾の銅山だと思う、だからこそ法子さんと一緒に来たかった」

茂は自分の心の内にある熱い気持ちや勇気が、足尾鉱毒事件によって生死をかけなければ生きてこられなかった先祖の魂から、生まれていると信じ込んでいるのだ。

茂は足尾に入る橋を渡ると右の道を進んで、銅山の後の掘削されて切立った岩山に向かった。岩肌は今も薄黒くごつごつと尖っている。

「今も煙が立ち上っているのですね」

法子は明治時代の凄まじい銅山の営みに驚愕して、人工のグランドキャニオンに目を見張った。

「僕がまだ小学生のころに、親父に連れられて、この荒れ果てた山を蘇えさせるために植樹に来ました。そのときはその意味等分からずに、ただ疲れるのでとても嫌でした」

茂は亡き父親との思い出に浸っていた。

山と山の谷間には濁った水が流れているが、切立った右側の山には紅葉した木が大小様々に点在している。

「あれのどれかの木があの時僕が植えた苗かも知れない」

茂は山を指指して、少し誇らしく法子に話した。法子はそんな茂を好ましく思った。

空は青く晴れ渡っている。晩秋の風は程よく頬にあたり、爽快である。

法子は最近始めた短歌を茂に披露して、茂の手をそっと握った。

茂も法子の手を握り返した。

「純太さんは、今、幸せなのかしら……」

法子は今でも気がかりの純太の事を口にした。

「僕は純太さんは幸せだと思うよ。仕事も見つかり、新しい人生が始まったんだからね。自分をひき逃げした犯人が見つからないままだったら、心の中にわだかまりが残ったままだったかもしれないけど、法子さんのおかげでそれも無くなったんだからね」

「私のおかげ？」

「法子さんが介護事業を始めたから、晶子さん、大杉さん、僕、そして純太さんの四人が結びついたんだと思う。その結果、純太さんをひき逃げした犯人が見つかったんだと思う。すべては法子さんが諦めずに介護の仕事を始めようと思った１９９９年に始まってたんじゃないかな」

法子は山の木々を見つめながら茂の言葉を聞いていた。

「ねえ茂さん、わたし、今の仕事にもっと力を入れてみようと思うの」

法子は自分の決意を茂に認めてほしかった。

「もちろんだよ、僕はそのためにこの足尾に来たんだよ。ここに来る事で法子さんも僕もまた頑張ろうという気持ちになると思ったんだ」

「茂さん、私は純太さんのように理不尽な事故に遭ったり病気になった人が社会の中で苦しんで生きている事にいたたまれなくなりました。これまでのようにがむしゃらに突き進んで行くのではなく、もっと福祉とは何か、確かなものをとらえてゆきたいのです」

法子は懸命に今の日本の福祉の現状と、介護を必要としている様々な人達の事を茂に話した。

「僕も渡良瀬市の福祉の現状に絶望していた事があるからよく分かりますよ」

茂は頷きながら言った。

「純太君のことを考えても、純太君が度重なる不幸な事件のなかで、どうしたら自分と母親を守ることができたのか。世界中から見捨てられてしまったような彼を助けてくれたのが福祉だった。僕はそう思うよ」

「私もそう思うわ」

法子と茂は足尾の山の過酷な歴史を思い、鉱毒で山の草木が根絶やしになっても岩盤のわずかな隙間から芽吹く命があり、心優しい人々の善意と行動で山は今、生き返っているのを、見つめていた。

「僕も今まで色々あったけれど、これからは人の努力と善意をまた、信じてみようと思う」

茂は力強く言った。

足尾の山は2人の新たな決意を見守っているようであった。

その日、2人は結ばれた。

奥日光の平家の落人が開いたという、小さな温泉宿で茂と法子は、固く結ばれた。

これまでの幾多の困難を乗り越えることが出来るほどに。

法子は茂の暖かい血潮が四肢の隅々まで包んでくるのが分かった。これほど安心して愛を受け止めている自分を幸せだと心から思った。小春日和のその日は一日中穏やかな日で、夜には、星が瞬いていた。

エピローグ　花桃の咲く頃

２０１９年、春がまだ浅い3月、歴史学者の小島洋介と土屋晶子は渡良瀬公園の花桃の林の小道を散策していた。

晶子が介護事業から身を引いて10年以上が経過していた。

土屋家の屋敷の中には渡良瀬歴史館が開設され、年々増加する観光客で賑わっている。

土屋家の贅を尽くした造りは、そのまま残されていた。奥の間の黒柿の違い棚や極上の紫檀の床の間の豪華さは見る人を感動させた。

小島は歴史館の館長として、晶子の側にいた。二人は渡良瀬の歴史を学びながら、信頼を育むようになった。

小島は若い頃、最愛の妻を病気で亡くしていた。小島と晶子は自然にお互いを慈しむ気持ちになっていった。

晶子は長い海外の暮らしの後で、堪え難い望郷の念から故郷に帰って来て、あの嵐のような事業での挫折があった。

そのすべてが晶子には、今の幸せを得るための道程のように感じられた。

穏やかで愛おしい人との暮らしは、晶子を、「これほどの幸せが訪れるとは」と思わせていた。

花桃の香りが小島と晶子の行く手に、満ち満ちている。

（了）

※この小説はフィクションです。実在の人物、団体とは関係ありません。

著者紹介
池波シュウ（いけなみ・しゅう）
青山学院大学文学部英米文学科卒業。
現在は介護会社の代表取締役。

1999年のスクエアクロス

2023年　7　月　12　日　初版第 1 刷発行

著　者——池波シュウ
発行者——菅原直子
発行所——株式会社街灯出版
〒 124-0003　東京都葛飾区お花茶屋 1-16-2 アルビレオ I 202
T E L　03-6662-4095
U R L　http://streetlight.base.shop
製本所——文唱堂印刷株式会社
印刷所——文唱堂印刷株式会社

ISBN978-4-910508-00-9